二十世纪
西方文论述评

（增订版）

张隆溪　著

四川人民出版社

图书在版编目（CIP）数据

二十世纪西方文论述评/张隆溪著. —— 增订版. ——
成都：四川人民出版社，2023.1
ISBN 978-7-220-12867-7

Ⅰ.①二… Ⅱ.①张… Ⅲ.①文艺理论—西方国家—
20世纪 Ⅳ.①I0

中国版本图书馆CIP数据核字（2022）第196718号

ERSHI SHIJI XIFANG WENLUN SHUPING（ZENGDING BAN）

二十世纪西方文论述评（增订版）

张隆溪　著

责任编辑	邹　近
内文设计	戴雨虹
封面设计	张　科
责任校对	吴　玥
责任印制	李　剑
出版发行	四川人民出版社（成都三色路238号）
网　　址	http://www.scpph.com
E-mail	scrmcbs@sina.com
新浪微博	@四川人民出版社
微信公众号	四川人民出版社
发行部业务电话	（028）86361653　86361656
防盗版举报电话	（028）86361653
照　　排	四川胜翔数码印务设计有限公司
印　　刷	四川机投印务有限公司
成品尺寸	130mm×185mm
印　　张	9.5
字　　数	138千
版　　次	2023年1月第1版
印　　次	2023年1月第1次印刷
书　　号	ISBN 978-7-220-12867-7
定　　价	59.80元

目　录

增订版序

这本介绍现代西方文学理论的小书，最初是一系列单篇文章，连续发表在1983年4月至1984年3月的《读书》杂志上，1986年7月作为"读书文丛"之一种，由北京三联书店出版。由最初写作这些文章，迄今已有四十年之久，而这四十年恰好是一个变化极大的时代。现在四川人民出版社要重新排印此书，对此书的缘起以及西方文论后来的变化，我认为有必要略做一些说明。这次重印，也在原书内容之外，新增加了几篇，是为增订新版。

20世纪80年代是改革开放之初，中国人都有一种勃发向上的精神，对整个外部世界充满了要去了解和认识的志向和好奇心。思想解放是全国人民的共识，尤其在知识界是极具震撼力的呼声。1981年冬，全国社会科学情报研究机构在上海开会，决定编写一部《现代国外社会科学手册》的参考书，希望比较系统地介绍当时国外学术研究的最新状况，包括20世纪国外的文学理论。此书由中国社会科学院情报所所长杨承芳先生主编，拟包括人文社会科学各方面的内容，其中有关俄苏文学理论的一篇，由社科院外文所的吴元迈先生执笔，有关西方文论的一篇，则拟请钱锺书先生执笔，或者由钱先生推荐一人撰写。钱锺书先生1982年2月初给我的信中说："我院情报所所长杨承芳同志来访，计划附上。他要我写现代外国文论一条，我辞掉而推荐你。他已同意，但须我征求你的同意。请酌定。"①我一直对西方文论很有兴趣，也看过一些相关论著，钱先生信任我，要我来写这样一篇文章，我当然同意，并立即着手准备。当时国内尚缺乏最新的西文书籍，但恰好在1982年4月，由叶维廉先生提议，香港中文大学英文系邀请我到香港访学数周，使我得以在港购得一些西方文论的西文新著，为我撰写评述20世纪西方文论的文章，提供了很好的条

---

① 钱锺书先生1982年2月6日来函。

件。我仔细阅读了这批书，再加上平时常常思考的一些问题和想法，终于在1982年底完成了这篇文章。

钱锺书先生对我的文章颇为满意，他写信给我说：

Bravo! Bravissimo！！ 尊稿于星期二午刻才寄到。我搁起手边工作写信等事，刚把它看完（昨天有外宾来了近三小时，那不算在你帐上）。你写得很全面，很扎实，很有条理，古文家所谓"言之有物，言之有序"，而且态度"客观"。我也学习了许多东西。你所援引的著作，我很多没读过（也不想读，例如 *What Is Criticism?* 里面一位作者送来了，就搁在架上，"For show & not for blow, like the folded handkerchief in the breast pocket"），阅读过的，也只是注意里面有无给中国古人 forestalled 的东西——在《谈艺录》增订本的已有几条，没有能够像你平心、耐心地专研。①

接下去钱先生又给我提了两点重要的建议。一是对

---

① 钱锺书先生1982年12月29日来函。

现代西方人文学术发展总体趋势的观察，即20世纪西方人文学术可以说"都是对十九世纪positivism愈接愈厉、步步逼紧的革命，从作者的社会背景、身世缩小到作品，从作品整体缩小到语言，从阅读的作品缩小到作品的阅读，以至于阅读而抛弃作品。"①这的确是十分深刻的观察和精准的评论，在本书讨论的各派文论中，从英美新批评到结构主义再到读者反应批评，都可以约略见出这一总体趋势。钱先生的另一个建议，则是要我注意波兰文学批评家罗曼·英加登（Roman Ingarden），他是第一个把现象学理论应用于文学理论的人，"也是第一个'科学地'把reader's reactions考察的人，开始了'der implizite Lesser'的理论"②。19世纪实证主义的文学批评以作者为中心，把符合作者本意视为批评的准的。例如法国历史家泰纳就曾提出，文学都是作者基于"种族、环境、时代"这三要素创造的作品，历史家可以使用科学的方法，由作品回溯到作品产生的当时境况，最终了解作者那个活生生的人。在19世纪科学主义

---

① 钱锺书先生1982年12月29日来函。

② 同上。

和实证主义占主导的大背景之上，泰纳以科学家研究一
块贝壳化石，来比喻文学史家研究文学作品。他说：
"这贝壳化石下面曾是一个活动物，这文献后面也曾是
一个活人。若非为重现那活动物，你何必研究贝壳呢？
你研究文献也同样只是为认识那活的人。这贝壳和文献
不过是些了无生气的碎片，其价值全在于作为线索，
它们可以引向完全而且活生生的存在。"①其实这个意
见，颇近于孟子所谓"颂其诗，读其书，不知其人，可
乎？是以论其世也"（《万章章句下》）。不过在战后
的西方世界，泰纳这种看法被视为实证主义的社会决定
论而遭否定和摒弃，20世纪的文学理论更与此完全背道
而驰，越来越忽略作者，认为作者本意或不可知，或无
关紧要，同时又越来越趋向以读者为中心，以至于宣告
作者已死，读者的时代已经到来。各派理论家们似乎不
把话说过头，就不足以引人注目，所以总要标新立异，
危言耸听。这种走极端的倾向在当代西方文论中相当普

---

① 泰纳（Hippolyte Taine），《英国文学史》（*History of English Literature*），凡·伦（H. Van Laun）英译四卷本，费城1908年版，第1卷，第2页。

遍，虽然各派文论之兴起都各有合理的缘由，但跨过合理的界限，言过其实，真理也往往会变为谬误。我注意到当代西方文论这一特点，所以在介绍各派文论时，也往往会提出自己的批评意见。

1981年秋，《读书》编辑部的董秀玉女士经钱锺书先生介绍，到北大来与我认识，我也开始在《读书》上发表文章。在写完那篇为《现代国外社会科学手册》介绍西方文论的文章后，董秀玉和我商议，决定在《读书》开设一个"现代西方文论略览"的专栏，所以本书的写作，起源于钱先生推荐我写介绍现代西方文论的文章，也来自《读书》上专栏的写作。于是从1983年4月开始，我每月写一篇，陆续介绍了战后西方文学理论主要的流派，包括英美新批评、俄国形式主义、加拿大批评家弗莱的神话与原型批评、捷克和法国的结构主义、后结构主义、德国的阐释学与接受美学等。但我在《读书》上那个专栏，到1984年3月就结束了。正如我在本书"前记"里所说，书中介绍的只是西方文论中影响较大的几种，不可能包揽无余，如后殖民主义、西方马克思主义、新历史主义、女权主义等理论，都尚未涉及。停止那个专栏的一个原因，是我1983年10月离开北大，到美国哈佛大学读博士学位，时间上比较紧，但另一个、也是更重要的原因，则是我到美国之后，发现在当时影响极大的理论，已经不是与理解和赏析文学密切相关的文学批评理论，而是带有强烈政治和意识形态色彩的后现代主义和后殖民主义理论，而这些理论离文学越来越远，于是文化批评逐渐取代了文学研究和文学批评。

这里所说的政治，是所谓"身份认同的政治"（identity politics），即以性别或族群为标准，例如女性、少数民族等，因为在以白人男性为主导的西方社会里，这些都是历来受歧视、被压迫的人，所以女权主义、后殖民主义等理论，都有反对西方父权制、反对白人至上的种族主义这样的正当性和积极意义。对于这种正当性和积极意义，我很能够理解，甚至认同。然而这些在社会和政治意义上具有合理性的观念和理论，一旦成为一种运动，成为"身份认同的政治"，就很快越过其合理的界限，变成本身具有压抑性的"政治正确"。这种"政治正确"明显地具有"当前主义"（presentism）的偏向，抛弃历史和传统。站在当前"政治正确"的立场看来，过去的一切似乎都是错误的，而只有当前才是道德的制高点，于是很多走极端的人便否定过去，把过去的西方文学都视为表现父权制或种族主义的"死去的白人男人"（dead white males）的作品，要把传统的经典作品都"去经典化"（decanonization）。与此同时，这些理论往往强调差异，不仅是阶级、种族、性别的差异，而且尤其强调东西方语言文化的根本差异。例如影响极大的法国学者德里达（Jacques Derrida）批判整个西方的思想文化传统，认为那是一种"逻各斯中心主义"或"语音中心主义"。他认为："不仅从柏拉图到黑格尔（甚至包括莱布尼兹），而且超出这些显而易见的界限，从苏格拉底之前诸家到海德格尔，一般都把真理之源归于逻各斯：真理的历史，真理之真理的历史，从来就是贬低书写文字，是在'圆满的'口头语言之外压抑书写文字的历史。"①德里达认为，西方的拼音文字就是"逻

----

① 德里达（Jacques Derrida），《论文字学》（*Of Grammatology*），斯皮瓦克（Gayatri Chakravorty Spivak）译，巴尔的摩1976年版，第3页。

各斯中心主义"的表现，他又依据美国诗人庞德（Ezra Pound）对中文的误解，认为中文和日文是图画式的意象，不同于西方的拼音文字，于是得出结论说，这"就是在全部逻各斯中心主义之外发展出来的一种强大文明的证明"[①]。这看起来像是肯定中国没有受到"逻各斯中心主义"的影响，但"逻各斯中心主义"也包含了逻辑、理性、真理、抽象思维等观念，于是德里达和19世纪贬低中国传统的黑格尔一样，也因此而认为中国没有抽象的概念思维，没有真理，没有哲学。可是什么是"逻各斯中心主义"呢？如果按照德里达自己的理解，那是以内在思维高于语言，尤其是"贬低"和"压抑"书写文字的"形而上学的等级关系"（metaphysical hierarchy），即认为真理或最高的理念不能充分表达在语言、尤其不能表达在书写文字当中，那么这和老子所谓"道可道，非常道"、庄子所谓"道不可言，言而非也"、佛家所谓"言语道断，心行处灭"，不是有相通之处吗？德里达并不懂中文，可是却贸然对中国的语言

---

① 德里达，《论文字学》，斯皮瓦克译，第90页。

和思想做出概括的大判断，把中西思想和文化绝对地对立起来，这和黑格尔贬低中国的语言文化又有什么不同呢？所以我到美国之后，更关注中西文学和文化的比较，努力驳斥中西思想、语言、文化有根本差异、绝对对立的理论观念。这种理论观念影响极大，但看其"大师"级的理论家们，无论德里达还是福柯，都不懂中文、不了解中国，却对中国做出错误的判断，影响到中西文学和文化的比较研究。他们都习惯了"非此即彼"（either / or）的思路，而他们谈论中国，其目的并不是要了解中国，而只是以中国作为西方的反面陪衬、西方的"他者"，来塑造或反观他们所构建的西方。

1984年春，我应邀在普林斯顿大学做"1915级艾伯哈特·法贝尔纪念讲座"（Eberhard L. Faber Class of 1915 Memorial Lecture）的演讲，便选择了"道与逻各斯"为题目，批评了德里达把中西对立起来的理论。那次演讲后来经过整理，发表在美国颇有影响的学术刊物《批评探索》（Critical Inquiry）1985年春季号上，也成为后来我第一部英文专著《道与逻各斯》的基础。那时在西方很有影响的另一位法国学者是米歇尔·福柯

（Michel Foucault），他很有名的书是《言与物》（*Le mot et le chose*，英译 *The Order of Things*），一开头就在序言里说，他写那本书最初的灵感，完全来自读阿根廷作家博尔赫斯（Jorge Luis Borges）引用的一部所谓《中国百科全书》，其中有一段讲中国人如何进行动物分类，而这一分类法完全不合逻辑，毫无理路可寻，西方人根本就不能理解，甚至也无法想象，于是福柯造了一个词叫"异托邦"（hétérotopie），来代表与西方人截然不同的、中国人的思维模式。但这不过是拿博尔赫斯小说式的虚构和幻想来做陪衬，建构西方文化一个自足完整的体系，和中国的实际毫无关系。然而福柯的影响极大，他的理论也就把中国和西方对立起来，使中国成为西方的"他者"。1987年我参加在美国普林斯顿大学举办的第二次中美比较文学研讨会上，就以"他者的神话"（The Myth of the Other）为题发表论文，这篇论文后来也发表在《批评探索》1988年秋季号上。换言之，80年代我到美国之后，接触到的西方理论已经和文学越离越远，我在《读书》上那个专栏，也就没有再写下去。

现在回顾起来，本书介绍的各派文学理论，的确都是与文学的阅读和鉴赏相关的理论，而随后盛行的后结构主义、后现代主义和后殖民主义理论，则与文学和文学的鉴赏与批评渐离渐远。尤其在美国各大学里，注重"身份认同的政治"的后现代、后殖民主义理论在人文社会研究中占据主导地位之后，明显地出现了一种趋势，即研究现代和当代文学越来越多于研究传统和古典文学，研究电影和其他"文化产品"（cultural artifacts）越来越多于研究文学，以至于"文化研究"（cultural studies）几乎要取代了文学研究。对于喜爱文学而研究文学的人，这实在是令人不满甚至焦虑的现象。新批评常被指责为脱离文学作品的传统和时代背景，孤立地看文本，但这种指责其实并不很公平。艾略特就有《传统与个人才能》一篇名文，认为任何新的作品都必须在过去经典作品的传统中去寻找自己的位置。韦勒克把文学批评的各种方法分为内在和外在的批评，强调直接探讨作品语言、文本、修辞等方面的内在批评，但也并未完全否决外在的批评。俄国形式主义是批评他们的人强加给他们的名称，而他们的理论并非只注意文学作品的外在形式。他们提出"陌生化"概念，注重文学作品的语言本身，并把这概念用于讨论文学史和文学体裁和流派之演变，突出一个"新"的观念。结构主义语言学和结构主义诗学则打破个别文学作品的界限，把文学作为系统来考察，对深入理解文学传统及其相互之间的关系，都有许多发人深省的见解。接受美学对于理解文学作品的流传、接受和文学史的演变，都做出了不少贡献。阐释学则在更开阔的视野和更深厚的传统意识里，把文学、美学、哲学和历史融为一体，探讨文本之理解和解释的问题。各派文论都各有其贡献，只是不能言过其实，走极端。我们如果仔细了解它们各自的长处而避免其缺陷，这些文学理论对我们研究文学，到现在也仍然会很有帮助。这就是为什么我认为这本三十多年前出版的小书，到现在仍然还有一定价值的原因。我们应该了解各种文学理论，但在文学研究或任何一种研究当中，最重要的是自己独立思考，不要机械地跟随任何一种理论，更不要盲目崇拜任何一个理论权威。我们可以多阅读，多了解，但同时也必须有自己的思考和判断，取其精华，去其糟粕，从而得出自己的看法。这二者是辩证的关系，相辅相成，缺一不可。不读书，就没有知识基础，也就不可能形成自己的看法，但只读书，没有自己的独立思考，也不会有自己成熟的见解。"学而不思则罔，思而不学则殆"，这句话的确很有道理。

这次新版，在原来评述各派西方文论的各章之外，又增加了几篇近年来所写的与讨论西方文论有关的文章，与原来此书的内容互为补充。《文学理论的兴衰》最初发表在《书屋》2008年4月号；《引介西方文论，提倡独立思考》最初发表在《文艺研究》2014年第3期；《后理论时代的中西比较文学研究》最初发表在《中国比较文学》2022年第1期。我感谢这些刊物为我提供了讨论这些问题的平台，也感谢四川人民出版社邹近等几位编辑的热心和努力。本书这次的增订新版，我在文字上稍做了增删。在体例上，后面这几篇文章与前面评述西方文论的文章显然不同，这不仅是由于写作时间和契机的差别，也更是由于西方理论本身的演变。现在把前后两部分都呈现在读者跟前，其中有谬误或不当之处，则希望得到诸君的批评指正。

张隆溪

2022 年 8 月 8 日于香港翠丽轩

前　记

　　印在这本小书里的11篇文章，分别评介20世纪西方文学理论的各主要流派。每篇的内容虽然各自独立，但连贯在一起时，却能见出尤其是20世纪50年代以来当代西方文论发展的大致轮廓。这里介绍的新批评、形式主义、结构主义、后结构主义、阐释学、接受美学等，对于大多数喜爱文学的读者说来，现在都已经不是那么陌生新奇的名目，但也许都还有了解的兴趣，而在研究文学的人，则仍然有了解的必要。这种信念正是当年写作这本小书的动机，与此同时，我认为仅仅介绍这些理论是不够的。这些西方文论各具特色，也各有局限，各派文论家在提出某种理论，把文学研究推向某个新的方向或领域的时候，往往又把话讲得过火冒头，走向某种极端。我们可以了解各派的理论，但不可尽信盲从其中的任何一派，而所谓了解其理论，本身已经包含了解其问题和局限的意思在内。所以我在每一篇的末尾，专辟一节对该篇介绍的理论，都提出自己的一点看法和批评，也常常举出中国古典文论中相关或类似的说法与之比较，以我们所熟悉的来帮助我们理解或者修正我们不那么熟悉的理论。

文学研究的理论和方法在西方是多种多样而且经常变换的，本书所能评介者只是其中影响较大的几种，不可能包揽无余。例如在欧美都产生相当影响的西方马克思主义文评、新历史主义学派，以及从女权主义和后殖民主义等出发的评论等，都很值得我们注意，然而由于我前面已经说到的原因，本书前面部分都没有涉及，但在后面增补的部分，则有所讨论。

写这本小书的想法固然是由来已久，但具体实现这个想法，则是在受到钱锺书先生的勉励之后才开始的。钱先生推荐我为社会科学院组织编写的一部参考书撰写介绍现代西方文论的部分，使我不能不较系统地阅读有关书籍，把平日一些零星的想法组织成一篇完整的东西。只是在此基础之上，才有写成目前这本小书的可能，而在写作的过程中，又常常得到钱先生的指教和支持，获益益深。所以本书能够结集印行，谨向钱锺书先生表示由衷的感谢。

　　本书的11篇文章，曾于1983年第4期起在《读书》杂志上连载，1986年结集成书。各篇的写作受到《读书》编辑部董秀玉女士和其他几位编辑的努力帮助，在此一并表示感谢。事隔三十多年，四川人民出版社现在重新排印出版，我对邹近先生及其他几位编辑，也在此表示衷心的感谢。因为原书出版在一个与现在很不相同的时代，这次便趁此增订新版的机会，把原版的一些文字做了修改，也增加了一些内容。至于本书在选取材料和评骘得失当中难免失当和错误之处，当然概由作者负责，并希广大读者和海内外方家不吝赐教。

张隆溪

1984 年 3 月 10 日记于哈佛

2022 年 8 月 12 日改定于香港

1

管窥蠡测
——现代西方文论略览

在有限的篇幅里概述20世纪西方的文学理论，难免像西方一位古代哲人提到过的愚人，想用一块砖做样品兜售房屋，要别人由这一块砖见出楼台庭院的全貌。《庄子·秋水》也早有"以管窥天，以蠡测海"这句话，用来嘲讽类似的迂阔。理想的当然是走进那房子里仔细端详，飞到天上或潜入海底去看个究竟，然而理想之所以为理想，就因为那还不是人人都能办到的事实。在许多人，也许资料不足，而且即使有资料，也未必能在比较短的时间里，能够很快了解西方文论的大概情形，于是即便是管窥蠡测，只要能透露一点消息，恐怕也还不是毫无意义的。不过我们最终目的却不在一砖一瓦，而是走进那宅子去做它的主人，对那里的东西"或使用，或存放，或毁灭"，全依我们的需要决定取舍，总之，是去实行鲁迅先生早就提倡过的"拿来主义"。①

20世纪文论根本上是20世纪社会存在的产物，同时又是20世纪文学的理论总结。两次世界大战给人类造成的灾难，使18世纪以来西方引以为傲的文明和理性遭到严重破坏和普遍怀疑。战后的经济发展和科学技术的进步以及随之出现并加剧的人之异化的精神危机，使西方传统的哲学、伦理和文学艺术等各个领域都发生了巨变。只要比较一下19世纪巴尔扎克式现实主义的小说或雨果式浪漫主义的小说与20世纪卡夫卡或乔伊斯式的小说，谁都会感觉到现代文学的独特性。巴尔扎克对客观的历史进程的信赖和雨果对人性的期望，在现代作家身上似乎逐渐消失了。对常识、理性和客观真理本身的怀疑在荒诞的形式中表现出来，决定了现代文学的特点，而这些特点在现代文论中都有明显的反映。

① 鲁迅《拿来主义》，见《且介亭杂文》，《鲁迅全集》1985年版，第6卷，第31-33页。

19世纪可以说是以创作为中心的。当作家、诗人们谈到批评的时候，不免带着讥诮的口气，而实证主义的文论则强调研究作者的社会背景和生平传记，把这看成是了解作品的前提。20世纪形形色色的西方文论如果说有什么明显的总趋势，那就是由以创作为中心转移到以作品本身和对作品的接受为中心，对19世纪实证主义的批评理论和研究方法步步紧逼地否定。批评家的目光从作者的社会背景、身世缩小到作品，从作品整体缩小到作品的语言文字，从阅读的作品缩小到作品的阅读，以至于研究阅读而抛开作品，使批评本身成为一种创作。浪漫主义注重作者的个人才能、情感和想象，视作品为作者意图的表现。对华兹华斯来说，"一切好诗都是强烈感情的自然流露"[①]；对卡莱尔来说，诗人就是英雄[②]；而在雪莱眼里，"诗人是世界的未经正式承认的

① 华兹华斯（W. Wordsworth），《〈抒情歌谣集〉再版序》，见琼斯（Edmund D. Jones）编《十九世纪英国批评文集》（*English Critical Essays: Nineteenth Century*），牛津1916年版，第6页。
② 参见卡莱尔（Thomas Carlyle），《作为诗人的英雄》，同上书，第254–299页。

立法者"①。这种自信的语调在20世纪不大听得到了。莫道作者不是英雄，就连传统作品中的英雄在越来越具讽刺性的现代文学中，也逐渐变矮缩小，成了"反英雄"（anti-hero）。20世纪文论不再那么看重诗人英雄的创造，却强调批评的独立性，乃至宣告作品与作者无关，作品的意义须借助读者（即批评家）才能显示出来。

20世纪可以说是批评的时代。西方文论努力摆脱19世纪印象式的鉴赏批评，建立新的理论体系。19世纪浪漫主义文评多是创作者自己的感受或辩解，虽然不乏真知灼见，却缺少系统性和严密性。20世纪最有影响的批评家多是大学教授，而不再是作家们自己，这些教授们有成套的理论，往往不甘于常识性的评注，正像斯威夫特说的：

As learned commentators view

In Homer more than Homer knew.

---

① 雪莱（P. B. Shelley），《诗辩》，见琼斯编《十九世纪英国批评文集》，第163页。

渊博的评注家目光何其锐利，

读荷马见出荷马也不懂的东西。①

这话在斯威夫特原意是讽刺，在现代文论家听来也许竟成了恭维。20世纪的文评不再是个人印象或直觉的描述，也不再是创作的附庸，而从社会科学各科吸取观点和方法，成为一种独立的学科。无论哲学、社会学、人类学、心理学或语言学，都和现代文论结下不解之缘，一些有影响的文论家本来就是哲学家、人类学家或语言学家，他们各有一套概念和术语，各有理论体系和方法。把他们的体系和方法应用于文学时，这些批评家自认仿佛有了X光的透视力，能够见出一般人很难看见的骨架结构，得出一般人难以料想到的结论。加拿大批评家弗莱就说："批评的公理必须是：并非诗人不知道他在说些什么，而是他不能够直说他所知道的东西。"②换言

① 斯威夫特（Jonathan Swift），《咏诗》（*On Poetry*），第103–104行。
② 弗莱（Northrop Frye），《批评的解剖》（*Anatomy of Criticism*），普林斯顿1957年版，第5页。

之，只有批评家才能见出并且指出文学的意蕴何在。

　　大致说来，现代西方文论经过了从形式主义到结构主义再到结构主义之后发展起来的各种理论亦即后结构主义（post-structuralism）这样几个阶段。为了使批评摆脱过去的框框，西方文论家努力把批评建立在文学独具的特性上。俄国形式主义者雅各布森提出文学研究的对象不是笼统的文学，而是文学之所以为文学的形式特征，即文学性（литературность）。英美的新批评派也认为文学研究的对象不是社会背景、作者身世这类"外在"因素，而应集中注意作品的文本（text）和肌质（texture），也就是作品的文字和各种修辞手法。形式主义文评把目光凝聚在作品的语言文字上，无暇再顾及作者，注重传记和历史的传统文评也就日渐冷落。19世纪意大利批评家德·桑克梯斯指出，作者意图往往和作品实际有矛盾，这个观点到新批评那里便成为有名的"意图迷误"论，认为批评家完全可以把作者原意置于不顾。在战后十年间，新批评成为英美文论的主流和正统，新批评家对文学作品条分缕析的"细读"取得出色的成果，直到60年代结构主义兴起之后，才失去原来的声势。

新批评以作品为中心，强调单部作品语言技巧的分析，就难免忽略作品之间的关系和体裁类型的研究。结构主义超越新批评也正在这些方面，新批评似乎见木不见林，失于琐细，结构主义则把每部作品看成文学总体的一个局部，透过各作品之间的关系去探索文学的结构。瑞士语言学家索绪尔认为语言学研究的不是个别的词句，而是使这些词句能够有意义的整个语言系统，这个系统叫作语言（langue）；任何人说的话不可能是全部语言，只能是根据这个系统的语法规则使用一些词汇构成的言语（parole）。语言和言语之间是抽象规则和具体行动的关系，具体的言语可以千差万别，无穷多样，但语言系统的规则却是有限的，正是这些有限的规则使我们能够理解属于这种语言的任何一句话即任何言语。索绪尔语言学对结构主义批评影响极大，批评家把具体作品看成文学的言语，透过它去探索文学总体的语言，于是作品不再是中心，作品之间的界限被打破，批评家的兴趣转移到作品与作品之间的关系以及同类型作品的共同规律上。结构主义文评对体裁研究贡献不小，普洛普研究童话，列维-斯特劳斯研究神话，为结构主义文评奠定了基础，在叙述体文学的研究中成绩尤其显著。结构主义文论家都把语言学的模式应用于文学，去研究文学的规律，甚至直接说文学的"语法"。在格莱麦和托多洛夫等人的著作里，故事里的人物情节和各种描写成了名词、动词和形容词，整部作品仿佛一个放大的语句，其组织结构完全遵循文学语法的规则。结构主义文评往往把同一类的许多作品归纳简化成几条原理，像语言学把大量词句材料归纳成几条语法规则一样，说明的不是作品词句，而是这些原理规则怎样决定作品词句的构成和意义。这样删繁就简，有时不免使人觉得枯燥抽象，不过结构主义者实在是要在复杂的材料中追寻普遍原理，通过这些原理去把握住事物。托多洛夫就认为存在着一种"普遍的语法"，实际上就是思维或认识的普遍规律，掌握了这"普遍的语法"，也就把握住了"世界的结构本身"。① 索绪尔曾经说过，人的一切活动都涉及信息的传达和接收，将来可以有一种普遍的符号

———————

① 托多洛夫（Tzvetan Todorov），《〈十日谈〉的语法》（*La Grammaire du "Décaméron"*），海牙1969年版，第15页。

学，"一门研究社会生活中符号的生命的科学"，语言学只是这种符号学的一部分。①由于语言是最明显的符号系统，所以语言学可以为研究别的符号系统做榜样。由此可以明白，结构主义在人类学、文学等各个领域里都以语言学为榜样，应用语言学的概念和术语，实在是把人类学、文学等都看成类似语言那样的符号系统，看成普遍的符号学里不同的分支，因此利用语言学的方法去探索适用于各个符号系统的普遍的语法。

　　结构主义发展到后来，有人对遵照语言学榜样追寻隐藏在作品本文下面的结构表示怀疑。法国文论家罗兰·巴尔特曾经出色地把索绪尔关于符号的理论加以发挥，把它应用到社会和文化生活的各个方面，但他后来放弃了在作品本文的符号下面去寻找总的结构这种努力，而强调每部作品本身的特点和符号本身的魅力。巴尔特要读者不用理会作品文字下面有什么意义，而是在阅读过程中创造意义，去享受作品文字提供给他的快乐。雅克·德里达认为，并没有一个超然于作品文字之

---

① 　索绪尔（F. de Saussure），《普通语言学教程》（*Cours de Linguistique générale*），巴黎1949年第4版，第38页。

外的结构决定作品的终极意义，写作是独立的符号系统，而不是指事称物、开向现实世界的窗户。这种理论把批评家的注意力从决定文字符号意义的超然结构拉回到文字符号本身，从而使结构主义文论追求文学"语法"的枯燥抽象的趋势有所改变。但是，后结构主义不是回到英美新批评那种对本文的解释，因为它把文学作品视为符号的游戏，批评是参加这样的游戏，而不是去给作品以解释，找出一个固定的意义。批评家现在留意的是读者阅读作品的过程本身，而不是最后得出的结果，这就和德国文论中对文学阐释和接受问题的研究汇合起来，形成20世纪后来西方文论中一股声势浩大的新潮流。

20世纪的西方文论有各种流派，互相之间争论着许多老的和新的问题，如果一一细看起来，真像个万花筒那样令人有目迷五色之感。不过总起来说，有几个特点是很突出的。一个是注重形式：无论新批评、形式主义、结构主义或后结构主义，都把分析作品文本当成批评的主要任务或出发点，而不是把作品看成一个容器，里面装着历史、现实、思想、感情或者叫作内容的任何东西。另一个是与其他学科的渗透：索绪尔语言学对结构主义的影响，胡塞尔现象学和海德格尔存在主义与阐释学和接受美学的关系，都是显著的例子。现代西方文论在某些方面的虚玄和反理性主义倾向，都和它的哲学基础有关系。这样，要了解一种文论，就必须要有与它相关的别的学科的起码知识，要批驳它的谬误，也不能不动摇它在别的学科里的基础。还有一个与此相关联的特点，就是文论的抽象甚至晦涩。严格意义上的文学理论和文学批评是不同的两回事，虽然一般情况下这两种说法可以通用，但批评是指具体作品的鉴赏评价，理论却是对文学的性质、原理和评价标准等问题的探讨，并不一定随时落实到作品上。

毫无疑问，西方的各派文论，尤其在其极端的形式中，有许多论点是我们不能接受的，但与此同时，任何一派理论又都有它合理的地方，我们可以借鉴、吸收而为我所用。古希腊柏拉图批评作为模仿的诗无助于认识事物之真，但亚里士多德《诗学》则肯定诗通过模仿具体的事物和行动，可以表现事物带普遍性的本质，于是他认为诗之虚构比记述具体事实的历史更高、更具哲理，因而开始了西方为诗辩护的传统。在那以后，尤其自15和16世纪文艺复兴时代以来，随着文学有古典主义、浪漫主义、现代主义等不同思潮和流派的发展，西方有一个很长、也很丰富的文论传统。20世纪文学研究成为人文学科的一种，比以往点评式、印象式的批评，更具专门研究的严密性、系统性和理论的复杂性，产生出的一些理论概念和观点也的确可以深化对文学的理解、鉴赏和批评。这些都值得我们注意和吸取。中国自先秦两汉以来，尤其自魏晋南北朝时期产生出近于现代意义的"文"之观念以来，也有一个悠久而且丰富的文论传统。我们了解西方文论，再与中国传统文论相比较、相配合，就必定能加深我们对文学的理解和鉴赏，对于发展我们自己新的文学批评和文学理论，也必然会有极大的帮助。

2

谁能告诉我：我是谁？

——精神分析与文学批评

　　在古代的神话中，天下最难解的莫过于斯芬克斯之谜，而那谜底不是别的，正是我们大家，是人类自己。[①]大概自古以来，人最想了解又最难了解的就是人自己。莎士比亚悲剧中的李尔王在极度愤怒和痛苦时喊道："谁能告诉我：我是谁？"这声呼喊既道出了人认识自我的需要，也暗示出实现自我认识的特殊困难。人作为思维主体，可以把周围世界，甚至自己的身体器官

---

① 据希腊神话，女妖斯芬克斯那个著名的谜语是："是什么用四条腿、两条腿和三条腿行走，腿越多时反而越没有力气？"聪明的俄狄浦斯猜出来谜底是人，因为人儿时用四肢爬行，成年时用双脚行走，到老年则加上一根拐杖。

当成客体来认识，但自我认识却要求思维主体把自身当成客体，它用来描述和说明认识客体的手段即思维，本身正有待于描述和说明。这就使人陷入一种循环论证之中，使"认识自己"这个早已由古希腊人提出过的古老课题，成为一直困惑着又迷惑着人类的难题。但也正是在寻求答案的漫长历程与艰苦努力中，人类证明自己是高于别的生命形式的动物，即思考的动物。

一、精神分析的产生

如果我们约略勾勒出人类认识自己的历史，就可看出这是个由外及内、由抽象到具体的过程。人由认识外界进而认识自己，由认识身体肌肤进而认识思想心灵，由认识清醒的意识进而开始探索幽邃的无意识领域。19世纪浪漫派文学注重情感、想象和个人心理刻画，把文学由模仿（mimesis）转为表现（expression），已经明白地显露出对意识和潜意识的兴趣。英国浪漫派著名诗人和批评家柯勒律治曾说，浪漫主义时代具有想了解人类精神活动的"内在意识"，不少诗人和批评家"敢于不时去探索朦胧的意识领域"。①另一位浪漫派批评家哈兹列特更注重驱使人们行动的内在力量和动机，认为"无意识印象必然会影响和反作用于意识印象"。②哈兹列特把写诗和做梦相提并论，都看成是部分地满足受压抑的欲望。这一点几乎是所有浪漫派作家共同的意见：卢梭自述《新爱洛伊丝》是热烈幻想的白日梦的产物③；歌德说自己因失恋而痛苦，像梦游那样"几乎无意识地"写成了《少年维特之烦恼》④；而据柯勒律治自己的记载，他的名诗《忽必烈汗》完全是一场缥缈梦幻的记录。这些说法和后来精神分析学创始人弗洛伊德对文学与梦的看法如出一辙，但弗洛伊德却有一整套深度心理学理论为基础。

从上古时代到19世纪，人类经过了几千年的努力

---

① 柯勒律治（S. T. Coleridge），《文学传记》（*Biographia Literaria*），I. 172–173; II.120。

② 哈兹列特（William Hazlitt），《全集》（*Complete Works*），XII. 348–353。

③ 见卢梭（Jean-Jacques Rousseau），《忏悔录》（*Les Confessions*）第9章。

④ 见歌德（Johann Wolfgang v. Goethe），《诗与真》（*Dichtung und Wahrheit*）第13卷。

才终于破除上帝造人的神话，达到对生命形式演进过程的科学认识。达尔文的《物种起源》实现了生物学的革命，作为进化链条上的一环，人第一次和别的生物一样，成为自然科学研究的对象。德国科学家费希纳通过他那些著名的心理物理学实验，论证人的精神活动可以进行定量分析，冯特则把实验心理学作为一门独立的学科正式建立起来。在那发现了能量转换与能量守恒定律的时代，人也好像一部热机，物理刺激与心理反应之间的关系使激动的科学家们相信，物理世界和心理世界之间的障碍终于消除，自我认识的循环圈终于打破，不仅在自然界，而且在人的精神活动里，到处存在着热动力学规律，存在着可以用数学方法描述的严格的因果关系。看来，李尔王提出那个认识自我的问题，有可能在这里得到一个科学的回答。

弗洛伊德是决定论者，相信一切都存在着因果关系。他所谓的精神分析，就是想通过分析人的精神活动，找出隐藏在那些活动背后而且起决定作用的终极原因。然而精神分析学既不是大学实验室和讲坛的产物，也不是纯科学。弗洛伊德是在维也纳开业的精神病医生，不是在书斋和实验室里建立体系的心理学家，精神分析离经叛道地去研究变态心理和无意识领域，而不遵循学院心理学的正统，它的基础不是通过数量关系来把握的实验，而是由临床经验推出的假说。从一开始，精神分析就与实验心理学的主流保持着相当距离。对于这样一种无法验证的学说，只能取"信不信由你"的态度。它近于科学者少，近于信仰者多，或如弗洛伊德曾自认的那样，精神分析实在是一种"神话"。可是，从人类认识自我的历史看来，在浪漫主义时代对个人心理的探索之后，合乎逻辑的进一步发展似乎必然是精神分析对个人无意识的探索。因此，尽管它不是纯科学，甚或恰恰因为它不是纯科学，精神分析对其他学科和对一般人的影响却超过正统心理学的任何派别。尤其在20世纪，精神分析学在人文领域成为一种影响广泛的显学。

二、弗洛伊德的基本理论

临床经验使弗洛伊德相信，许多精神病的产生都与意愿和情绪受到过度压抑，得不到正常发泄有关。他治病用的"疏导疗法"，就是把被压抑在无意识中的意愿和情绪带到意识领域，使之得到发泄。值得注意的是，这种"疏导"和亚里士多德《诗学》中所讲悲剧对于情绪的"净化"，颇有一些共同之处，在西文里是同一个词——catharsis，即让郁积的情绪得到发泄以获得心理健康。弗洛伊德把这一原理推而广之，由精神病患者的特殊案例扩大到正常人的普遍情形，在这基础上建立起关于人类心理和行为的一套理论。

按照这种理论，人的精神活动好像冰山，只有很小部分浮现于意识领域，具决定意义的绝大部分都淹没在意识水平之下，处于无意识状态。人格结构中最底层的本我（id），总是处在无意识领域，本我包藏着里比多（libido），即性欲的内驱力，成为人一切精神活动的能量来源。由于本我遵循享乐原则，迫使人设法满足它追求快感的种种要求，而这些要求往往违背道德习俗，于是在本我要求和现实环境之间，自我（ego）起着调节作用。它遵循现实原则，努力帮助本我实现其要求，既防止过度压抑造成危害，又避免与社会道德公开冲突。人格结构的最高层次是超我（superego），它是代表社会利益的心理机制，总是根据道德原则，把为社会习俗所不容的本我冲动压制在无意识领域。简单说来，我们可以把本我理解为放纵的情欲，自我是理智和审慎，超我则是道德感、荣誉感和良心。

弗洛伊德非常强调性本能的作用，他认为性本能对人格发展的决定性影响，甚至在儿童时期便已开始。儿童从出生到五岁，就须经历一系列性心理发展阶段，在各阶段里，性欲的满足通过身体不同部位的刺激来实现。于是连婴儿的吸吮和吞咽等动作，也被弗洛伊德认为是满足性欲的表现，并把人格发展这最初阶段叫作口部阶段。弗洛伊德认为每个儿童都有暗中恋爱异性父母而嫉恨同性父母的倾向，他借希腊神话中杀父娶母的俄狄浦斯故事，把这种倾向称为俄狄浦斯情结（Oedipus complex）。由于这种情结的乱伦性质，由于本我的要求往往都是不道德的，所以受到自我和超我的监督、压制，形成对抗、焦虑和紧张。为了缓和这种紧张，自我便采取保护性措施，其中包括压抑和升华。压抑是把这类危险冲动和念头排除于意识之外，不让它们导致危险行动；升华则是把性欲冲动引向社会许可的某种文化活动的管道，使本来是不道德的性行为转变成似乎与性欲无关而且十分高尚的行为。于是弗洛伊德把包括文学艺术在内的人类文化的创造活动，都看成里比多的升华，看成以想象的满足代替实际的满足。弗洛伊德很重视梦，把梦也看成一种意愿满足。在《梦的解析》一书里，他分析自己和别人的梦，认为不能在现实中得到满足的欲望改头换面，在梦中以象征形式得到表现，梦中的许多形象都是性象征，含有隐秘的意义。显然，压抑、升华、象征等概念和浪漫主义艺术表现理论十分接近，只是弗洛伊德对这些概念的解释总是最终归结到性欲的内驱力。尽管弗洛伊德本人认为，压抑本我的冲动对于社会说来是必要的，但他的学说的泛性欲主义却是弗洛伊德学说很难被人接受并常常遭到谴责的主要原因。

三、精神分析派文评

弗洛伊德在《大学里的精神分析教学》里明确地说："精神分析法的应用绝不仅仅局限于精神病的范围，而是可以扩大到解决艺术、哲学和宗教问题。"

他常引文艺作品为例证，从精神分析学观点谈论文艺创作。例如在《列奥纳多·达·芬奇的童年回忆》里，他认为这位大画家喜爱描绘温柔美丽的圣母，是画家俄狄浦斯情结升华的表现。对歌德自传《诗与真》里一段童年回忆，他也做过类似分析。更有影响的是他对索福克勒斯悲剧《俄狄浦斯王》的分析。弗洛伊德否认这部作品是命运悲剧，而坚持认为这悲剧能打动我们，全在于杀父娶母的俄狄浦斯"让我们看到我们自己童年时代愿望的实现"。①他还用同样观点分析莎士比亚名剧《哈姆莱特》，认为克劳狄斯杀死哈姆莱特的父亲，又娶了他母亲，哈姆莱特却迟迟不能行动，这是因为他知道克劳狄斯"使他看见自己童年时代受到压抑的愿望的实现"，于是他反躬自省，深感自己"其实并不比他要惩罚的那个犯罪的人更好"。②弗洛伊德的学生琼斯（Ernest Jones）后来把这观点加以扩充，写了《哈姆莱特与俄狄浦斯》一书，是精神分析派文评的一部代表作。

---

① 弗洛伊德（Sigmund Freud），《梦的解析》（*The Interpretation of Dreams*），埃汶（Avon）丛书英译本，第296页。
② 同上，第299页。

　　不少精神分析派批评家把弗洛伊德提出的概念直接用于文学分析。默里（Henry A. Murry）对麦尔维尔名著《白鲸》的分析就是一例。[①]默里把白鲸解释为严格的清教道德的象征，也即作家本人的超我；渴望报复、驱使全体船员追捕白鲸而终遭毁灭的船长埃哈伯，被视为代表狂暴固执的本我；虔诚的大副斯达巴克努力调停白鲸和船长代表的敌对力量，则象征平衡节制的理性，也即自我。弗洛伊德一个法国学生玛丽·波拿巴论爱伦·坡的生平和创作，便是另一个典型例子。她认为爱伦·坡一生及其全部作品都贯穿着俄狄浦斯情结的表现，并由此把这位美国作家的诗和小说中的所有形象都解释为性象征。在她看来，"要是把性理解为潜藏在人一生中所有爱的表示后面那种原始动力，那么几乎一切象征都是最广义上说来的性象征"。[②]这派批评家往往把一切凹面圆形的东西（池塘、花朵、杯瓶、洞穴之

① 见《新英格兰季刊》（*New England Quarterly*），1951年第24期，第435–452页。

② 玛丽·波拿巴（Marie Bonaparte），《爱伦·坡的生平和创作：精神分析的解释》（*The Life and Works of Edgar Allan Poe：A Psychoanalytic Interpretation*），伦敦1949年英译本，第294页。

类）都看成女性子宫的象征，把一切长形的东西（塔楼、山岭、龙蛇、刀剑之类）都看成男性生殖器的象征，并把骑马、跳跃、飞翔等动作都解释为性快感的象征。透过这副精神分析的眼镜看来，一切文艺创作无不染上性的色彩，变成里比多的升华。像威廉·布莱克的《病玫瑰》这样一首小诗：

O Rose, thou art sick!	啊，玫瑰，你病了！
The invisible worm,	在怒号的风暴中，
That flies in the night,	在黑夜中飞翔
In the howling storm,	那条看不见的虫
Has found out thy bed	发现了你殷红的
Of crimson joy;	快乐之床；
And his dark secret love	他黑暗隐秘的爱
Does thy life destroy.	正把你的生命损伤。①

在弗洛伊德派批评家看来，这完全是写性和与之相关的

---

① 布莱克（William Blake），《诗集》（*Poems*），纽约1994年版，第54页。

死的本能：玫瑰象征女性的美，而这种美正被代表男性的虫所摧毁。有人甚至把童话故事《小红帽》也做类似分析：那个戴红帽的小姑娘代表女性，贪婪的老灰狼则代表男性。[①]诺曼·霍兰把弗罗斯特的《补墙》一诗说成是"表现人格发展中口部阶段的幻想"，只因为这诗里有"和嘴，和吃或说话有关的形象"。[②]他明确地说："用精神分析法看一首诗，就是把它看成好像一场梦，或像是能在床上按五音步抑扬格讲话的理想的病人"。[③]这句话暴露了精神分析派批评的症结所在：把文学与产生文学的社会环境及文化传统割裂开来，把丰富的内容简化成精神分析的几个概念，使文学批评变得像临床诊断，完全不能说明作品的审美价值。

精神分析派批评另一个发展方向，是由作者和作品的分析转向对读者心理的分析。这派批评家相信，

---

① 见弗罗姆（Erich Fromm），《被遗忘的语言》（*The Forgotten Language*），纽约1957年版，第235–241页。

② 诺曼·霍兰（Norman Holland），《文学的"无意识"：精神分析法》，载"埃汶河上斯特拉福论丛"第12辑《当代批评》（*Contemporary Criticism*），伦敦1970年版，第139页。

③ 同上，第136页。

作者的无意识通过作品得到象征性表现，获得意愿的
满足，读者在阅读过程中通过自居作用，即设身处地去
感受，同样得到想象的满足。诺曼·霍兰认为，读者对
作品的理解是能动的，在这过程中读者的自我能与别人
即作者的自我同一："我的感觉活动也是一种创造活
动，我通过它得以分享艺术家的才能。我在自己身上找
到弗洛伊德所谓作家'内心深处的秘密，那种根本的诗
艺'，即突破'每个自我与别的自我之间的障碍'的能
力，并由此摆脱此种障碍产生的厌恶"。①弗洛伊德透
过意识活动表面寻找无意识动机的理论，对结构主义者
追寻深层结构的努力很有影响，不过这种影响主要在研
究思路上，而不在于精神分析具体概念和术语的应用。
批评家们现在不再那么热衷于用文学作品去印证精神分
析理论，而逐渐把精神分析和别的批评方法结合起来，
避免弗洛伊德派批评的简化倾向。至于把一切解释为性
欲作用，这更是大多数批评家都予以否定的，例如注重

---

① 诺曼·霍兰（Norman Holland），《统一、特性、本文、
自我》，载汤普金斯（Jane P. Tompkins）编《读者反应批评》
（*Reader-Response Criticism*），巴尔的摩1980年版，第130页。

文本分析的新批评派很有影响的理论家韦勒克，就曾经指责精神分析派的批评"对作品本文的理解迟钝得令人惊讶，而它对性象征的搜寻也令人生厌"，他更进一步指出，"没有一个严格固守弗洛伊德派观念的批评家获得了声誉"。[①]不过在20世纪西方文论的发展中，弗洛伊德的精神分析学却影响了不少理论家，尤其是几位法国理论家，不仅"获得了声誉"，而且可以说"声誉颇隆"。朱莉亚·克里斯蒂娃（Julia Kristeva）和拉康（Jacques Lacan）就是显著的例子。

然而弗洛伊德本人比起一些跟随他、又把他的理论简单化、教条化的人，却高明得多，也有趣得多。他绝不是一个固执己见的教条主义者，对自己的理论概念常常自省，担心其是否真实合理。他有很深的文化修养，文笔明快流畅，讨论问题时常常引用文学艺术的经典作品为例证，颇能发人深省。他有一篇文章讨论莎士比亚喜剧《威尼斯商人》中选择三个匣子的一段，就可以作为代表。鲍西娅的父亲给她留下一笔巨大的财富，而她

---

① 韦勒克（René Wellek），《批评的观念》（*Concepts of Criticism*），耶鲁大学出版社1963年版，第338页。

又天生丽质，于是许多王公贵胄、商贾士子都来向她求婚。但鲍西娅的父亲却定下了一条奇怪的规矩：凡来求婚者必须承诺在金、银、铅做成的三个匣子中做选择，其中只有一个匣子藏有鲍西娅的肖像，如果选择对了，就可以娶她为妻，选择错了，就永远独身不娶。这三个匣子，看来华贵的金和银都是错误的选择，那最不起眼的铅匣子才藏着鲍西娅的肖像。弗洛伊德说，匣子是典型女性的象征，所以这是在三个女人当中做选择，而三这个数字在无数神话和童话故事中，都具有特殊的意义。希腊神话中帕里斯在三位女神中做选择，最后把金苹果判给了最年轻的第三位，即爱与美的女神阿芙洛狄忒（拉丁名字为维纳斯）。弗洛伊德特别提到奥芬巴赫（J. Offenbach）歌剧中，描绘阿芙洛狄忒的唱词：

> La troisième, ah! la troisième!
>
> La troisième ne dit rien,
>
> Elle eut le prix tout de même…
>
> 那第三位，啊！那第三位！
>
> 那第三位沉默无语，

但那奖品只有她才匹配……

莎士比亚悲剧《李尔王》中李尔王有三个女儿，第三位柯蒂利亚挚爱父亲，忠诚善良，她的两个姐姐却阴险狠毒。但她看见两个姐姐花言巧语去骗取父亲的感情，却反而沉默不语，像铅一样藏而不露，不像金银那么耀眼。在格林童话《灰姑娘》的故事里，两个姐姐又丑又愚蠢，第三位则是美丽善良的灰姑娘，但她平时在家里做脏活，弄得灰头土脸，也像铅一样，毫不显眼。弗洛伊德举出这些例子之后问道："可是这三位姐妹是谁呢？为什么选择的总是第三位呢？"①这些故事里都有三个女性，也总是第三位善良而美丽，但又沉默不语或掩于尘土。弗洛伊德说，沉默不语，像铅一样没有光泽，在精神分析看来，都是死亡之象，所以这些故事表现的，其实都是选择死的女人，不仅如此，而且"她很

---

① 弗洛伊德，《三个匣子的主题》（The Theme of the Three Caskets），标准版《文集》（*The Collected Papers*），纽约1959年版，第4卷，第247页。

可能就是死亡本身，是死之女神"。^①但这些神话或童话故事中选择的那第三位都是最美、最善良的女性，和选择死亡显然不同，但弗洛伊德说，这只是一种倒转手法。人们在现实中得不到满足的欲望和意愿，都通过想象在幻想中来实现，所以人拒绝真实而构想出神话，于是"死之女神被替换成爱神，或人间最像爱神的凡人。姊妹中的第三位不再是死亡，而是女人中最美、最善、最迷人和最可爱之人"。^②人本来都必不可免会死，这是人生命的真实，但人们不愿直面这真实，而在神话的转换和歪曲中把这变成一种选择，而且选的不是可怕的死，而是最美丽可爱的女人。弗洛伊德认为，诗人的作品之所以具有震撼人心的艺术力量，正在于部分地揭示出了被神话歪曲了的真实。于是诗人所描绘的第三位女性，或沉默不语，或灰头土脸，便暗示与死之联系。弗洛伊德说："正是通过去掉歪曲，部分地回归到原本，

① 弗洛伊德，《三个匣子的主题》，标准版《文集》第4卷，第250页。

② 同上，第253页。

诗人才对我们发生了深刻的影响。"①弗洛伊德论《李尔王》悲剧结尾的一段文字，写得文采灿然，颇有诗意，但同时也令人感到意外和不安，使人意识到他对文艺的解读都另有一层深意。我们也许难以接受他的解释，但他的解释却往往可能引发我们的思绪。弗洛伊德说：

> 现在让我们回想那最能打动人的最后一幕场景，那是现代悲剧达到的极致之一："李尔抱着死去的柯蒂利亚上场。"柯蒂利亚便是死亡。把这场景倒转过来，就会变成我们认识而且熟悉的一幕——死之女神从战场上把死去的英雄带走，就像德意志神话中的瓦尔基莉女神那样。永恒的智慧披上原始神话的外衣，命令老人弃绝爱而选择死，与死之必然怡然相处。……那老人无法再渴求女人的爱，就如他曾经从他母亲那里得到的那样；只有命运女神当中的第三位，那沉默

---

① 弗洛伊德，《三个匣子的主题》，标准版《文集》第4卷，第255页。

的死之女神，将会把他抱在怀里。①

女性作为母亲，给人以生命，在人生命终结的时刻，最终也是大地母亲拥抱他、接受他，"沉默的死之女神，将会把他抱在怀里"。

四、批评与小结

尽管弗洛伊德提出的许多概念和术语已经被批评家们广泛采用，影响很大，但他关于文学艺术的看法实际上并不复杂。在弗洛伊德看来，凡在现实中不能得到实际满足的愿望，往往通过幻想的作用制造出替代品来，给人以想象的满足，而梦和文艺都是这样的替代品。这种看法其实并非弗洛伊德独有，而是古今许多诗人和批评家共同的意见。古罗马诗人朱文纳尔（Juvenal）有言："愤怒出诗歌"（facit indignation versum）。中国古人也早有类似的看法：司马迁认为古来的大著作大

---

① 弗洛伊德，《三个匣子的主题》，标准版《文集》第4卷，第256页。

多数是"圣贤发愤之所为作也"。锺嵘《诗品·序》里也说："使穷贱易安，幽居靡闷，莫尚于诗矣"，就视文艺为失意痛苦者的精神慰藉或补偿，所以钱锺书先生指出："弗洛伊德这个理论早在锺嵘的三句话里稍露端倪。"①如果说精神分析派批评有什么独到之处，那就是对无意识的强调；至于把文艺的产生最终归结为性欲本能的作用，更是弗洛伊德派的独家发明。朱文纳尔、司马迁、锺嵘和别的许多作家、批评家都只说愤怒或痛苦产生诗或文艺，弗洛伊德则把范围缩小，硬说文艺的起源是性的要求得不到满足的愤怒或痛苦。由于精神分析运用所谓自由联想法，这派当中一些教条式批评家就总有办法穿凿附会，把文学形象曲解为性象征，把作家丰富的内心生活简化成在儿童时代性心理发展阶段就已经决定的某种范型。这种泛性欲主义是精神分析派批评的特点，也恰恰是它的弱点、缺点。

正像我们前面指出过的，精神分析把人的自我探索推进到无意识领域，在人类认识发展史上自有它一定的

---

① 钱锺书：《诗可以怨》，载《文学评论》1981年第1期，第18页。

地位。这理论尽管谬误，但这探索本身还是有意义的，它对西方现代文化的深刻影响更不容忽视。精神分析派文评作为前提接受的弗洛伊德学说，实际上只是关于精神活动一些臆构的假设，其对人类精神和心理活动泛性欲主义的解释，对认识自我的问题，并没有也不可能做出科学的回答。但与此同时，我们也不能忽略弗洛伊德精神分析理论在人类一切活动的表层下面去寻求决定性深层结构的努力，因为在20世纪六七十年代的西方，尤其在结构主义理论兴起之时，正是这一努力使精神分析成为影响极大的理论，产生了不可忽视的作用。

3

作品本体的崇拜

——论英美新批评

《旧约·传道书》里说"太阳下面没有什么新东西"，这说得太绝对，也太消极，因为新与旧相反而又互为依存，这话等于说："太阳下面也没有什么旧东西。"不过，我们看到"新批评"这名称的时候，却不免想起《传道书》里的这句话。

当然，新批评也有名副其实的时候，那是在20世纪60年代以前。要明白这派批评的特点，它当时新在哪里，就有必要做一番简略的回顾和比较。

一、从作者到作品

法国历史家泰纳以写就《英国文学史》而著名，在这本书的导言里，他提出文学的产生决定于时代、种族、环境三种要素的理论。泰纳把文学作品视为文献，比成化石，然后写道："这贝壳化石下面曾是一个活动物，这文献后面也曾是一个活人。若非为重现那活动物，你何必研究贝壳呢？你研究文献也同样只是为认识那活的人。"[①]这段话颇能显出19世纪传统批评的特色，这种实证主义理论把文学当成历史文献，研究文学的目的几乎全是为认识过去时代的历史，或认识体现了时代精神的作者本人。浪漫主义的表现论既然把文学视为作者思想感情的流露，了解作者身世和性情就成为理解作品的前提。于是在19世纪后半，历史的和传记的批评占据主导，作者生平及其社会背景成为文学研究的中心，作品好像只是一些路标，指引批评家们到那中心去。

---

① 泰纳（H. A. Taine），《英国文学史·导言》，亨利·凡·隆（Henry van Laun）英译，见亚当斯（H. Adams）编《自柏拉图以来的批评理论》，第602页。

可是，文学毕竟不是历史，而且自亚里士多德以来，许许多多的理论家都认为文学高于历史。如果文学作品只是为研究历史提供线索的文献，它还有什么独特的审美价值，又怎么可能高于历史呢？如果对作品的了解必须以对作者个人身世际遇的了解为前提，以作者的本来意图为准绳，文学还有什么普遍意义，又何须批评家为每一代新的读者阐释作品的意义？对实证主义和表现理论提出的许多疑问，在20世纪初开始促成传统批评的瓦解。在美学和文艺批评的领域，柏格森、克罗齐等哲学家取代了实证主义的影响，在创作实践里，现代派取代了已经失去生命力的末流的浪漫派，不同于19世纪传统的新的批评潮流迅速发展起来，在英美，这种潮流就叫作"新批评"。

新批评得名于兰色姆一本书的标题，在这本书里他讨论了I. A. 理查兹和T. S. 艾略特等人的批评理论，认为"新批评几乎可以说是由理查兹开始的"。[①]理查兹从语义研究出发，把语言的使用分为"科学性的"和"情

---

① 兰色姆（J. C. Ransom），《新批评》（*The New Criticism*），诺福克1941年版，第3页。

感性的"，前者的功用是指事称物，传达真实信息，说的话可以和客观事实一一对应，后者的功用是激发人的情感和想象，说的话并不一定和客观事实完全对应；前者是真实的陈述，是科学的真，后者是所谓"伪陈述"（pseudo-statement），是艺术的真。艺术的真实不等于客观事实，理查兹举笛福的小说《鲁滨孙飘流记》为例。笛福的小说以水手塞尔凯克的真实经历为蓝本，但"《鲁滨孙飘流记》的'真实'只是我们读到的情节合乎情理，从叙述故事的效果说来易于被人接受，而不是这些情节都符合亚历山大·塞尔凯克或别的什么人的实际经历"。①理查兹着眼于文学作品在读者心理上产生的效果，认为一部作品只要总的效果是统一的，前后连贯，具有"内在的必然性"（internal necessity），使读者觉得合情合理，就具有艺术的"真实"。因此，文学作品只要统一连贯，符合本身的逻辑，就形成一个独立自主的世界，不必仰仗历史或科学来取得存在的理由。诗的真实不同于历史或科学的真实，这本不是什么深奥

---

① 理查兹（I. A. Richards），《文学批评原理》（*The Principles of Literary Criticism*），伦敦1924年版，第289页。

的道理和了不起的新发现。但是，对于在文学研究中模仿和搬用自然科学的研究方法、视作品为文献的泰纳式历史主义，这却无异于釜底抽薪，具有振聋发聩、令人耳目一新的作用。

现代派诗人艾略特也是新批评的思想先驱。他针对浪漫主义的表现理论，宣称"诗不是放纵情感，而是逃避情感；不是表现个性，而是逃避个性"；"艺术的情感是非个人的"。[①]诗人好像催化剂，他促使诗的材料变成诗，但并不把自己的主观情感加进去，像催化剂一样保持中性。在艾略特看来，"在艺术形式中表现情感的唯一方式就是找到'客观关联物'（objective correlative）"。[②]这里说的不是诗人个人的情感，而是普遍意义的情感，诗人要表现这些情感，就必须找到与这些情感密切相关的形象、情境、情节等适当的媒介，一旦找到适当媒介并把它写在诗里，就能使读者立即感

---

① 艾略特（T. S. Eliot），《传统与个人才能》（*Tradition and Individual Talent*），见《圣林集》（*The Sacred Wood*），伦敦1932年第3版，第58、59页。

② 艾略特，《哈姆莱特和他的问题》（*Hamlet and His Problems*），同上书，第100页。

受到诗人要表现的情绪。"客观关联物"赋予情感以形式，诗人愈能把各种情感密集地表现在某种形象或文字里，诗也就愈有价值。17世纪玄学派诗人们那些令人意想不到、云谲波诡的奇喻（conceits），很受艾略特的推崇赞赏，可见他重视的不是直接抒发个人情感的诗，而是以复杂甚至困难的形式表现复杂思想感情的诗。这种形式艰涩的诗逼得读者注意诗的文字本身，而不是透过作品去了解诗人的个性。所以艾略特说："诚实的批评和敏感的鉴赏都不是指向诗人，而是指向诗"；"把兴趣从诗人转移到诗是值得赞许的，因为这有助于对真正的好诗或坏诗作出更公正的评价"。[①]艾略特认为诗本身就是活的，"有它自己的生命"。[②]与泰纳把诗比作化石对照起来，艾略特确实为文学批评打开了一条充满活力的新路。

---

① 艾略特，《传统与个人才能》，见《圣林集》，第53、59页。
② 艾略特，《圣林集》1928年版序，同上书，第X页。

二、文学的本体论

理查兹和艾略特肯定了文学是独立的艺术世界，使批评家的目光从作者转向作品，但他们都还谈到作品在读者心中引起的反应。美国的新批评家们则更进一步，在理论上把作品本文视为批评的出发点和归宿，认为文学研究的对象只应当是诗的"本体即诗的存在的现实"。[①]这种把作品看成独立存在的实体的文学本体论，可以说就是新批评最根本的特点。

如果说文学是人类社会中一种信息传递的活动，那么它显然也有发送者、媒介和接受者这样三个基本环节，也就是作者、作品和读者。新批评家抓住作品这个中间环节，把它抽出来，斩断了它与作者和读者两头的联系。文萨特和比尔兹利提出的两种"迷误"，就是斩断这两头联系的利刃。

第一种是"意图迷误"（intentional fallacy），锋芒所向是实证主义或浪漫主义的文评。意大利批评家桑克

---

① 兰色姆，《诗：本体论札记》（*Poetry*：*A Note in Ontology*），见亚当斯编《自柏拉图以来的批评理论》，第871页。

梯斯（Francesco de Sanctis）早已说过："作者意图中的世界和作品实现出来的世界，或者说作者的愿望和作者的实践，是有区分的"。[①]新批评派进一步说，文学作品是自足的存在，既然作品不能体现作者意图，对作品的世界说来，作者的意图也就无足轻重。更重要的是，我们并不能依据作品是否符合作者意图来判断它的艺术价值。浅薄的作品也许更容易受作者控制，把他的意图表现得十分清楚，但伟大的艺术往往超出作者主观意图的范畴，好比疲弱的驽马任人驱策，奔腾的雄骏却很难驾驭一样。象但丁和托尔斯泰这样的大作家，都有意要在作品里宣扬一套宗教或道德的哲学，然而他们的作品恰恰因为冲破意图的束缚而成为伟大丰富的艺术。

第二种是"感受迷误"（affective fallcy），锋芒所向是包括理查兹在内各种注意读者心理反应的理论。读者反应因人而异，以此为准来评价文学必然导致相对主义，漫无准绳。对于新批评家说来，无论意图迷误或感受迷误，其谬误之处都在于"使作为特殊评判对象的诗

---

① 　德·桑克梯斯，《论但丁》，钱锺书译，见《西方文论选》下卷，第464页。

趋于消失"。①他们清除了作品以外的种种因素，正是为了把批评的注意力全部集中到作品之上。一部作品，用韦勒克的话来说，乃是"具有特殊本体状态的独特的认识客体"。②

对于这样一个具有本体状态的认识客体，新批评家们进一步作出了各种解释。兰色姆认为，"诗是具有局部肌质的逻辑结构"。③他所谓逻辑结构近于诗的概念内容，而局部肌质则是诗的具体形式，概念内容可以几句话概括，具体形式却难于尽述。诗作为艺术品，重要的不是其结构，而是其肌质。布鲁克斯则认为，诗就像活的生物，其结构和肌质融为一个有机整体，不容分割，"构成诗的本质那个真正的意义核心"是无法用散

---

① 文萨特（W. K. Wimsatt）与比尔兹利（M. C. Beardsley），《感受迷误》（*The Affective Fallacy*），见《自柏拉图以来的批评理论》，第1022-1023页。

② 韦勒克（René Wellek）与沃伦（Austin Warren）合著《文学理论》（*Theory of Literature*），纽约1975年第3版，第156页。

③ 兰色姆，《纯思辨的批评》（*Criticism as Pure Speculation*），见《自柏拉图以来的批评理论》，第886页。

文的释义解说代替的。①也就是说，正像一个活人的肉体和精神不可分离一样，文学艺术作品的形式和内容也不可分离，脱离具体形式的内容就根本不是文学艺术。马克·肖莱尔把这个意思讲得很清楚：

> 现代批评已经证明，只谈内容就根本不是谈艺术，而是谈经验；只有当我们谈完成了的内容，即形式，即作为艺术品的艺术品时，我们才是作为批评家在说话。内容即经验与完成了的内容即艺术之间的差别，就在技巧。②

这段话关于艺术的内容和形式的意见颇有参考价值，尽管把经验和艺术的差别归结为技巧是过于狭隘了些。新批评的文学本体论确实注重艺术形式，所以在韦勒克与沃伦合著的《文学理论》一书中，凡从传记、历史、

① 布鲁克斯（Cleanth Brooks），《释义的邪说》（*The Heresy of Paraphrase*），见《自柏拉图以来的批评理论》，第1034页。
② 马克·肖莱尔（Mark Schorer），《作为发现的技巧》（*Technique as Discovery*），见《哈德逊评论》（*Hudson Review*）1948年第1期，第67页。

社会、心理或哲学等方面出发研究文学，都称为外在方法，只有讨论音韵、格律、文体、意象等形式因素，才是内在的研究。

三、作品的诠释

新批评的实践是通过细读（close reading），对文学作品做详尽的分析和诠释。批评家好像用放大镜去读每一个字，文学词句的言外之意、暗示和联想等，都逃不过他的眼睛。他不仅注意每个词的意义，而且善于发现词句之间的微妙联系，并在这种相互关联中确定单个词的含义。词语的选择和搭配、句型、语气以及比喻、意象的组织等，都被他巧妙地联系起来，最终见出作品整体的形式。一部作品经过这样细致严格的剖析，如果显出各部分构成一个复杂而又统一的有机整体，那就证明是有价值的艺术品。

在新批评家的细读式分析中，有些概念和术语是常常使用的：如意义的含混（ambiguity），如反讽（irony）、矛盾语（paradox）、张力（tension）等。

新批评家用这些概念强调诗的含义和肌质的复杂性，而他们的细读法也确实在诗的分析中，取得了最出色的成果。然而对于小说和戏剧的分析，新批评也能给人许多启发。例如，叙述观点与作品意义的关系，在小说的分析里就很有注意的必要。叙述者可以是小说的主人公，可以是书中人物之一，也可以是全知的作者，而这三种叙述观点展示出来的作品画面大不相同，所揭示的意义也会有差异。马克·吐温在《汤姆·索亚历险记》里采用比较简单的、传统的全知作者的观点，但在《哈克贝利·费恩历险记》里，他让哈克以自己独特的方式叙述他的"历险"。艾略特曾把这一叙述观点的改变说成这两部名著之间重要的质的差别。哈克是个十多岁的流浪儿，没有什么教养；他知道自己是流浪儿，承认自己没有教养，而且常常觉得那个有教养的文明社会是对的，自己做那些违背那个社会的道德和法律的事则是错的。帮助黑奴逃跑是犯法的事，哈克经过一番踌躇，决心帮助吉姆，这时他承认自己甘愿"下地狱"，甘愿堕落为不诚实的坏孩子。然而哈克的诚实善良、南方蓄奴社会的虚伪和不道德，正是在这种反讽的叙述方式中得到有力的表现。鲁迅的《狂人日记》也采用第一人称叙述者的观点，字面上全是狂人的疯话，但作品的含义却恰恰相反：这是一个头脑极清醒的人对一个病态疯狂的社会的观察、认识和谴责。如果变动一下叙述观点，狂人周围的社会就会呈现出大不相同的面貌，这面貌也许会更"正常"，但作品的讽刺力量却很可能随之而减弱。在戏剧作品里，剧中人都从自己的观点出发叙述和评论周围环境或人物，形成各自的语调（tone），这对于理解剧中人物和全剧的意义都能提供重要的依据。新批评的这类分析帮助读者大大加深了对文学作品的理解，也提高了读者的鉴赏能力，更重要的是它使人认识到：不仅需要了解文学作品说的是什么，而且需要明白它怎样说，而这两个方面的问题是密不可分的。在新批评派看来，内容和形式的二分法已经是陈旧过时的概念，文学是有具体形式的活的有机体，它避免抽象，尽量体现世界的"物性"（thinginess），或者像兰色姆所强调的，它重新赋予被科学抽象化的世界以实体。

四、批评与评价

新批评在四五十年代的英美极盛一时，到50年代后期便开始逐渐衰落。从批评理论方面说来，形式主义的局限性是导致新批评衰落的重要原因。新批评的形式分析主要局限于抒情诗，尤其是17世纪英国玄学派诗和以庞德、艾略特、叶芝等为代表的现代派诗。对于不大宜于修辞分析的别的诗和别的体裁，新批评家往往不屑一顾，或作出过低的评价。新批评的细读注重局部肌质的细节，有时显得过于琐屑；把批评局限于作品本文的理解，不能或不愿把文学与广阔的社会历史背景结合起来，更是形式主义严重的局限。

把作品看成一个独立实体，甚至看成有生命的活物这种文学的有机论，最先在浪漫主义时代开始萌发，到新批评派那里便成为一个基本的观念。这种有机论使新批评家把作品孤立于作者和读者，也孤立于别的作品，因此既不能研究文学的创造和接受，也不能说明文学体裁的演变发展。这种对作品本体的片面强调一旦过了头，就几乎成为一种偶像崇拜，而60年代以后更新的批评潮流正是在打破作品本体的局限、研究阅读和接受过程等方面，超越了新批评的理论，并且逐渐取代了它在文学研究中的优势。然而新批评并没有完全成为过去，正像一位评论者所说，如果新批评已经死去，那么"它是像一个威严而令人敬畏的父亲那样死去的"①，因为它给当代文评留下了一些被普遍接受的观念和零星的思想，那便是它的遗产。事实上，新批评作为文学研究的一种方法，至今在英美许多大学还有不小的影响。

新批评的形式主义局限性是显而易见的，可是对我们说来，从新批评得到一点启发，充实和丰富我们自己的文学批评，那才是更有建设意义的积极态度。中国古代的传统文评受儒家思想的影响，讲究诗言志、文以载道，把文学看成传道明理的工具，而不注重文学本身的价值。我们现在的文学批评仍然是谈思想内容多，谈艺术形式少，很少、也缺乏系统的方法去做细致的文学形式的分析。可是，离开文学形式的思想内容，可以是哲

---

① 弗兰克·伦屈齐亚（Frank Lentricchia），《在新批评之后》（*After the New Criticism*），芝加哥大学出版社1980年版，前言第xiii页。

学、政治、伦理的内容，却不是文学艺术的内容，就像离开肉体的精神是抽象的精神一样。要了解文学作品的内容，就有必要从分析它的具体形式入手，而形式，正像上面所引肖莱尔的话所说，是"完成了的内容"，是抽象内容在生动具体的形式中的体现。所以，正如杨周翰先生在评价新批评的得失当中所说："新批评派对我们的一个最重要的启示就是从形式到内容。"①我们反对形式主义局限于文字修辞的分析，但如果反对形式的分析本身，那就不仅不能超过形式主义，而且会永远找不到打开艺术宫殿大门的钥匙，永远徘徊在艺术王国之外。

①　杨周翰，《新批评派的启示》，见北京大学《国外文学》1981年第1期，第9页。

4

诸神的复活

——神话与原型批评

　　上古时代的诗人相信自己凭借神力歌唱，所以荷马史诗开篇便吁请诗神佑助，且成为后代史诗沿袭的套语。柏拉图在《伊安篇》里把诗人和巫师并举，说他们都因神灵附体，如醉如狂，方能奇迹般地吟诗占卜，代神说话。这就是后来人们常说的灵感。屈原的《九歌》就源于古代楚地的"巫风"，是据民间祭神仪式中巫唱的歌改作而成。如《东皇太一》："灵偃蹇兮姣服，芳菲菲兮满堂；五音纷兮繁会，君欣欣兮乐康"，据洪兴祖《楚辞补注》，这是写"神降而托于巫"的情形。《九歌》中的"灵"有时指神，有时指巫，又都是诗人借以抒发感情的媒介，所以在古时，神、巫和诗人可以

浑然一体，瑰丽的神话还活在民间，那种神人交欢的盛
况，难怪会勾得后世诗人们艳羡而神往了。

神话是人类童年时代的产物，随着人类的成熟，
神话必然渐渐消亡，现代的诗人也不复像古代诗人那
样，可以直接和神交往。然而诗人却像是成人社会中的
儿童，不愿舍弃稚气的幻想，对于神话世界的消失满怀
忧伤。华兹华斯有诗吟咏人类童年时与神性和自然的接
近，而他深感惆怅困惑的则是那种临近感的消失：

Whither is fled the visionary gleam?

Where is it now, the glory and the dream?

到哪儿去了，那种幻象的微光？

现在在哪儿，那种荣耀和梦想？ ①

席勒也有诗缅怀辉煌的希腊异教时代，那时的日月
星辰、河海山川，无往不是大小神祇的居处。但希腊诸神

---

① 华兹华斯（W. Wordsworth），《咏童年回忆中永生的兆
象》（*Ode*：*Intimation of Immortality from Recollections of Early
Childhood*）。

早已消隐，诗人徒然追寻，却只有唏嘘叹息，黯然神伤：

> Traurig such ich an dem Sternenbogen,
>
> Dich Selene find ich dort nicht mehr,
>
> Durch die Wälder ruf ich, durch die Wogen,
>
> Ach! sie Widerhallen Ieer！
>
> 我在星空里悲哀地寻找，
>
> 却再也找不到你，啊，月神，
>
> 我穿过林海呼唤，穿过波涛，
>
> 唉！却只得到空谷的回音！[①]

　　故意惊世骇俗的尼采更直截了当地说："神已死去！"[②]近世文化的衰微都由于"神话的毁灭"，[③]而在

---

① 席勒（F.Schiller），《希腊诸神》（*Die Götter Griechenlandes*）。
② 尼采（F. Nietzsche），《欢乐的知识》（*Die fröhliche Wissenschaft*）第125节，柯利（G. Colli）与蒙蒂纳里（Montinari）编十五卷本《全集》（*Sämtliche Werke*）第3卷，柏林1980年版，第481页。
③ 尼采，《悲剧的诞生》（*Die Geburt der Tragödie*）第23节，同上《全集》第1卷，第149页。

瓦格纳的新型歌剧里，他欣然发现了"悲剧神话在音乐中再生"。①在尼采看来，神话与文艺几乎是同物异名，只有神话的复兴可以带来艺术的繁荣。然而早在尼采之前，意大利人维柯已经提出了新的神话概念，只是他的《新科学》直到19世纪晚期才逐渐产生广泛的影响。

一、神话思维

《新科学》第2卷题为"诗性智慧"，包含着维柯美学思想的核心。维柯认为原始人类还没有抽象思维能力，用具体形象来代替逻辑概念是当时人们思维的特征。他们没有勇猛、精明这类抽象概念，却通过想象创造出阿喀琉斯和尤利西斯这样的英雄来体现勇猛和精明，所以神话英雄都是"想象性类概念"，②是某一类人物概括起来产生的形象。神话是想象的创造，和诗

---

① 尼采，《悲剧的诞生》第24节，前引《全集》第1卷，第154页。

② 维柯（Vico），《新科学》（*The New Science*）第403段，贝金（Bergin）与费希（Fisch）英译，康奈尔大学出版社1968年修订本，第128页。

正是一类，而在希腊文里，诗人的原意就是创造者，所以神话也就是诗，两者都是"诗性智慧"（sapienza poetica）的产物。维柯已认识到不是神创造人，而是人按自己的形象创造了神，正如朱光潜先生所说，维柯"在费尔巴哈之前就已看出神是人的本质的对象化"。①

然而神话并非随意的创造，而是古代人类认识事物的特殊方式，是隐喻（metaphor），是对现实的诗性解释。例如雷神并非无稽之谈，而是古人对雷电现象的认识；神话中的战争也非虚构，而是历史事实的诗性的记叙；所以维柯认为，神话是"真实的叙述"，不过它和诗一样，不能照字面直解。全部问题就在于用这种观点去重新看待神话，把它理解为哲学、宗教和艺术浑然未分时人类唯一的意识形态。神话既然如此重要，所以"首先需要了解的科学应当是神话学，即对寓意故事的解释"。②

_____

① 朱光潜，《维柯的〈新科学〉简介》，见北京大学《国外文学》1981年第4期，第12页。

② 维柯，《新科学》第50段，见前引英译本，第33页。

　　对神话研究作出很大贡献的现代德国哲学家卡西尔，也和维柯一样，认为初民没有抽象思维，只有具体的隐喻思维即神话思维，这种思维的规律是"部分代全体（*pars pro toto*）的原则"。[①]例如古人相信，一个人剪下的头发指甲，甚至其足迹身影，若被施以巫术，整个人就会受影响。求雨时巫师往地面洒水，求雨停时则洒水在烧红的石头上，让水立即蒸发。这种"部分代全体"的神话思维和维柯的"想象性类概念"，都和艺术创造的形象思维密切相关，说明神话、巫术和诗的起源是互相关联的问题。

　　最早的语言和神话一样，也是一种隐喻。中国古代与巫术和文字都有关系的符号"八卦"，按许慎《说文解字·序》，就是"近取诸身，远取诸物"创造的；而仓颉造字，先是"依类象形"，其后才"形声相益"。头顶为"天"，人阴为"地"，就是用人的身体器官做比喻来命名宇宙上下。但是，语言"从一开始就含有

---

① 　卡西尔（Ernst Cassirer），《语言与神话》（*Language and Myth*），苏珊·朗格（Susanne Langer）英译，纽约1946年版，第92页。

另一种力量，即逻辑力量"。①随着逻辑思维的发展，语言逐渐远离神话，语言中的比喻仅仅成为说理的工具，只有在诗即语言的艺术应用里，才保留着神话思维的隐喻特征。这个道理，钱锺书先生在论《易》之象和《诗》之比兴的一段话里，讲得十分透辟，故引于下：

> 《易》之有象，取譬明理也，"所以喻道，而非道也"（语本《淮南子·说山训》）。求道之能喻而理之能明，初不拘泥于某象，变其象也可；及道之既喻而理之既明，亦不恋着于象，舍象也可。到岸舍筏、见月忽指、获鱼兔而弃筌蹄，胥得意忘言之谓也。词章之拟象比喻则异乎是。诗也者，有象之言，依象以成言；舍象忘言，是无诗矣，变象易言，是别为一诗甚且非诗矣。故《易》之拟象不即，指示意义之符（sign）也；《诗》之比喻不离，体示意义之迹（icon）也。②

---

① 卡西尔，《语言与神话》，见前引英译本，第97页。
② 钱锺书，《管锥编》第1册，第12页。

这就是说，在科学的语言里，比喻不过是义理的外壳包装，但在文学的语言里，比喻却是诗的内在生命，词句不是抽象概念的载体，而是如卡西尔所说，它们"同时具有感性的和精神的内容"。[①]所以，卡西尔认为，诗"甚至在其最高最纯的产品里，也保持着与神话的联系"，而在大诗人身上，会重新迸发出"神话的洞识力量"。[②]神话和诗都是隐喻，是想象的创造，在古代为神话，在近代则为诗。

二、仪式与原型

英国人类学家弗雷泽的《金枝》是影响广泛的经典性著作，对神话批评的形成也有很大贡献。弗雷泽在这部书里引用大量材料，说明春夏秋冬的四季循环与古代神话和许多祭祀仪式有关。原始人类见植物的春华秋实，冬凋夏荣，联想到人与万物的生死繁衍，便创造出

---

① 卡西尔，《语言与神话》，见前引英译本，第98页。
② 同上，第99页。

"每年死一次、再从死者中复活的神"。①古代各民族都有神死而复活的传说，希腊人每年秋天都有祭祷酒神狄奥尼索斯（Dionysus）的仪式，表现他的受难和死亡，也有仪式欢庆他的复活。②这种关于神死而复活的神话和仪式，实际上就是自然节律和植物更替变化的模仿。

弗雷泽这种理论给文学史家以启发，简·哈里逊研究希腊悲剧起源的著作就是个有名例证。哈里逊最重要的论点是强调仪式的作用，认为悲剧神话"从仪式中或者说与仪式一同产生，而非仪式产生于神话"，③认为希腊悲剧起源于表现酒神的受难与死亡的祭祷仪式，认为一切伟大文学著作中都含有神话和仪式的因素，这已经是现代西方大多数批评家接受的观点，所以人类学家伽斯特在评注中颇有把握地说："弗雷泽恢复原始祭祷

---

① 弗雷泽（J. Frazer），《金枝》（*The Golden Bough*），伽斯特（Gaster）编注的单卷节本，纽约1964年版，第341页。

② 同上，第420页。

③ 简·哈里逊（Jane E. Harrison），《忒弥丝：希腊宗教的社会起源研究》（*Themis：A Study of the Social Origins of Greek Religion*），剑桥大学出版社1912年版，第13页。

仪式的本来面目或许不仅对人类学，而且事实上对文学也具有划时代意义。"①

　　除人类学外，卡尔·荣格的分析心理学是促成神话批评的又一股动力。荣格曾是弗洛伊德的学生，但他把里比多解释为生命力，不像弗洛伊德那样强调性欲的作用，终于和弗洛伊德分道扬镳。荣格认为弗洛伊德的精神分析法主要是治精神病的方法，如果把这方法用于文艺，"那么或者是艺术品成了神经症，或者是神经症即为艺术品"，完全违背"健全的常识"。②弗洛伊德完全从个人心理的角度来解释文艺，但荣格却认为，"真正的艺术品的特别意义正在于超出个人局限，遨游在创作者个人利害的范围之外"。③按荣格的分析心理学术语说来，艺术品是一个"自主情结"（autonomous complex），其创造过程并不全受作者自觉意识的控制，它归根结底不是反映作者个人之无意识的内容，而是植

---

① 　弗雷泽，《金枝》，第464页。

② 　卡尔·荣格（Carl G. Jung），《论分析心理学与诗之关系》（*On the Relation of Analytical Psychology to Poetry*），见亚当斯编《自柏拉图以来的批评理论》，第811页。

③ 　同上，第813页。

根于超个人的、更为深邃的"集体无意识"。

自原始时代以来，人类世世代代普遍性的心理经验长期积累，"沉淀"在每一个人无意识深处，其内容不是个人的，而是集体的、普遍的，是历史在"种族记忆"中的投影，因而叫集体无意识。集体无意识潜存于心理深处，永不会进入意识领域，于是它的存在只能从一些迹象上去推测；而神话、图腾、不可理喻的梦等，往往包含人类心理经验中一些反复出现的"原始意象"（primordial image），荣格认为它们就是集体无意识的显现，并称之为"原型"（archetype）。荣格解释说：

> 原始意象即原型——无论是神怪，是人，还是一个过程——都总是在历史进程中反复出现的一个形象，在创造性幻想得到自由表现的地方，也会见到这种形象。因此，它基本上是神话的形象。我们再仔细审视，就会发现这类意象赋予我们祖先的无数典型经验以形式。因此我们可以说，它们是许许多多同类经

验在心理上留下的痕迹。①

值得注意的是，荣格强调了原型与"历史进程"、与
"我们祖先的无数典型经验"的联系。也就是说，文艺
作品里的原型好像凝聚着人类从远古时代以来长期积累
的巨大心理能量，其情感内容远比个人心理经验强烈、
深刻得多，可以震撼我们内心的最深处。所以，我们见
到艺术品中的原型时，"会突然感到格外酣畅淋漓，像
欣喜若狂，像被排山倒海的力量席卷向前。在这种时
刻，我们不再是个人，而是人类；全人类的声音都在我
们心中共鸣"，而这就是"伟大艺术的秘密，也是艺术
感染力的秘密"。②

三、原型批评

早在荣格提出原型概念之前，不少作家已经谈到

---

① 荣格，《论分析心理学与诗之关系》，见《自柏拉图以来的
批评理论》，第817页。
② 同上，第818页。

过类似的典型化形象。18世纪英国诗人布莱克曾说，乔
叟《坎特伯雷故事集》里的人物是"一切时代、一切民
族"的形象。①尼采则认为希腊悲剧不过以不同面貌再
现同一个神话："酒神一直是悲剧主角，希腊舞台上所
有的著名人物——普罗米修斯、俄狄浦斯等——只是酒
神这位最早主角的面具而已。"②然而，在文学研究中
系统地应用神话和原型理论，是从莫德·鲍德金（Maud
Bodkin）发表于1934年的《诗中的原型模式》开始的。
这派文论在战后得到进一步发展，加拿大批评家弗莱成
为原型批评主要的权威，他的《批评的解剖》被人视为
这派理论的"圣经"。③

　　弗莱给原型下了一个明确定义：原型就是"典
型的即反复出现的意象"，它"把一首诗同别的诗联

---

① 　布莱克（W. Blake），《人物素描》（*A Descriptive
Catalogue*），见亚当斯编《自柏拉图以来的批评理论》，第412页。
② 　尼采，《悲剧的诞生》第10节，见前引德文本《全集》第1
卷，第71页。
③ 　道格拉斯·布什（Douglas Bush），《文学史与文学批
评》，见贝特（W. J. Bate）编《文评选萃》（*Criticism*：*The
Major Texts*），纽约1970年增订版，第702页。

系起来，从而有助于把我们的文学经验统一成一个整体"。①用典型的意象做纽带，各个作品就互相关联，文学总体也突现出清晰的轮廓，我们就可以从大处着眼，在宏观上把握文学类型的共性及其演变。弗莱吸收了人类学和心理学的成果，认为神话是"文学的结构因素，因为文学总的说来是'移位的'神话"。②换言之，在古代作为宗教信仰的神话，随着这种信仰的过时，在近代已经"移位"即变化成文学，并且是各种文学类型的原型模式。从神的诞生、历险、胜利、受难、死亡直到神的复活，这是一个完整的循环故事，象征着昼夜更替和四季循环的自然节律。弗莱认为，关于神由生而死而复活的神话，已包含了文学的一切故事，正像他赞同的格雷夫斯（Robert Graves）在一首诗里所说的那样：

---

① 弗莱（Northrop Frye），《批评的解剖》（*Anatomy of Griticism*），普林斯顿1957年版，第99页。

② 弗莱，《同一的寓言》（*Fables of Identity*），纽约1963年版，第1页。

> There is one story and one story only
>
> That will prove worth your telling.
>
> 有一个故事而且只有一个故事
>
> 真正值得你细细地讲述。①

之所以只有一个故事，是因为各类文学作品不过以不同方式、不同细节讲述这同一个故事，或者讲述这个故事的某一部分、某一阶段：喜剧讲的是神的诞生和恋爱的部分，传奇讲的是神的历险和胜利，悲剧讲的是神的受难和死亡，讽刺文学则表现神死而尚未再生那个混乱的阶段。文学不过是神话的赓续，只是神话"移位"为文学，神也相应变成文学中的各类人物。

正像神话和仪式象征四季循环一样，文学的演变也是一个循环。对应于春天的是喜剧，充满了希望和欢乐，表现蓬勃的青春战胜衰朽的老年；对应于夏天的是传奇，富于梦幻般的神奇色彩；对应于秋天的是悲剧，崇高而悲壮，表现英雄的受难和死亡；对应于冬天的是

————————

① 　引自弗莱，《受过教育的想象》（*The Educated Imagination*），多伦多1963年版，第19页。

讽刺，这是没有英雄的世界，讽刺意味愈强，这个世界也愈荒诞。然而正像严冬之后又是阳春，神死之后又会复活一样，讽刺文学发展到极端，就会出现返回神话的趋势。弗莱认为，西方文学在过去十五个世纪里，恰好依神话、传奇、悲剧、喜剧和讽刺这样的顺序，经历了由神话到写实的发展，而现代文学则又显然趋向于神话。卡夫卡的《变形记》、乔伊斯的《尤利西斯》，仅从标题就见得出与古希腊罗马神话的联系，甚至带有神奇性质的科幻小说能够在通俗文学里如此流行，也是现代文学趋向于神话的证明。

在具体实践中，原型批评总是打破每部作品本身的界限，强调其带普遍性的即原型的因素，也就是神话和仪式的因素。例如弗莱论莎士比亚喜剧时曾说："莎士比亚的每出戏都自成一个世界，这世界又是那么完美无缺，所以迷失在当中是很容易的，也是很愉快而有益的"；但他却要把读者"从各个剧的特色、人物刻画的生动、意象的组织等方面引开，而让他去考虑喜剧是怎样一种形式，它在文学中的地位是什么"。[①]既然喜剧和春天相联系，莎士比亚喜剧中就常出现森林和田园世界，这种喜剧可以叫作"绿色世界的戏剧，它的情节类似于生命和爱战胜荒原这种仪式主题"；"绿色世界使喜剧洋溢着夏天战胜冬天的象征意义"。[②]《仲夏夜之梦》中有精灵与仙子活动的森林，《皆大欢喜》中有亚登森林，《温莎的风流娘儿们》有温莎森林，这些森林都构成喜剧情节发展的背景；通过原型批评的分析，各剧的森林不再互不相干，各自孤立，却把它们的枝条藤蔓伸展开来，参错交织而形成一片苍翠葱茏的绿色世界，不仅构成各剧背景，而且构成全部浪漫喜剧的背景，把喜剧与有关春天的神话和仪式联结起来，让人感到它那深厚的原始的力量。喜剧如此，悲剧也如此："凡习惯于从原型方面考虑文学的人，都会在悲剧中见出对牺牲的模仿"。[③]在神话中，神之死往往是为了拯

---

① 弗莱，《自然的幻镜：莎士比亚喜剧和传奇剧的发展》（*A Natural Perspective：The Development of Shakespearean Comedy and Romance*），纽约1965年版，第viii页。
② 弗莱，《批评的解剖》，第182、183页。
③ 同上，第214页。

救人类，促成新的生命，耶稣·基督的死就是典型的例
子；悲剧英雄的死也带着这种牺牲或殉道的意味，使人
想起向神献祭的仪式。莎士比亚悲剧《裘力斯·恺撒》
包含着很明显的献祭仪式的模仿。勃鲁托斯作为共和主义
者，认为英勇的恺撒可能威胁罗马的自由，于是为了罗马
的自由，必须牺牲恺撒。勃鲁托斯把刺杀恺撒完全看成一
种神圣的献祭仪式，所以他告诉其余的谋杀者们：

> Let's be sacrificers, but not butchers, Caius⋯
>
> Let's kill him boldly, but not wrathfully;
>
> Let's carve him as a dish fit for the gods,
>
> Not hew him as a carcass fit for hounds.
>
> 让我们做献祭的人，不做屠夫，卡厄斯。……
>
> 让我们勇敢地杀死他，但无须动怒；
>
> 让我们把他切为献给神的祭品，
>
> 不要把他像喂狗的死肉那样砍劈。[①]

---

① 莎士比亚（Shakespeare），《裘力斯·恺撒》（*Julius Caesar*），第2幕第1场。

已经有人指出，"仪式动机超出勃鲁托斯个性的范畴，扩展到了全剧的结构"。①总的说来，戏剧作为行动的模仿，和祭祷仪式有许多相似的地方。弗莱对各类作品的分析都着眼于其中互相关联的因素，于是认为文学总是由一些传统程序决定的。这些程序最终来源于神话和仪式而规定每部新作的形式特征，所以他说："诗只能从别的诗里产生；小说只能从别的小说里产生。文学形成文学，而不是被外来的东西赋予形体：文学的形式不可能存在于文学之外，正如奏鸣曲、赋格曲和回旋曲的形式不可能存在于音乐之外一样"。②这些在最老和最新的作品中同样存在的程序，加上各种反复出现并带有一定象征意义的原始意象、主题和典型情节，把文学结为一体，而原型批评的目的乃是要"对西方文学的某些结构原理做合理的说明"，使文学批评成为"艺术形式原因的系统研究"。③

---

① 布伦茨·斯特林（Brents Stirling），《〈裘力斯·恺撒〉中的仪式》，见哈巴吉（A. Harbage）编二十世纪论丛本《莎士比亚悲剧论文选》，1964年版，第43页。
② 弗莱，《批评的解剖》，第97页。
③ 同上，第133、29页。

四、结语

对弗莱的理论，尤其是他在阐发理论时对各类文学作品的评论，由于篇幅所限，我不能在此一一详述，更不能顾及其他类似的理论。总的说来，原型批评是反对"新批评"的琐细而起的，它注重的不是作品，而是作品之间的联系，从宏观上把全部文学纳入一个完整的结构，力求找出普遍规律，使文学批评成为一种科学。这派理论认为，文学的内容可能因时代变迁而不同，但其形式却是恒常不变的，各种程序、原型可以一直追溯到远古的神话和仪式，许多原型性质的主题、意象、情节虽历久而常新，在文学作品中反复出现。这种注重综合的理论确实比把目光只盯在作品文字上的"新批评"更系统，眼界也更开阔；把神话、仪式、原型等和文学联系起来，也为文学研究开辟了新的天地。在我国，闻一多的《神话与诗》早在40年代已经在这方面做出尝试，而且取得了极丰硕的成果。例如，作者通过很有说服力的考证，说明高唐神女和涂山、简狄的传说都发源于同一个故事，最终和"那以生殖机能为宗教的原始时代的一种礼俗"密切相关。[①]作者还引用从诗、骚直到现代民歌的大量材料，证明诗歌里反复用鱼来象征情欲、配偶，用打鱼、钓鱼喻求偶，用烹鱼、吃鱼喻合欢或结配，探其根源，则因为"鱼是蕃殖力最强的一种生物"。[②]在这里，前一例是把宋玉的《高唐赋》追溯到神话和仪式，后一例则是分析诗中作为原型的鱼。闻一多的著作已经开始把人类学、考古学与文学研究结合起来，而他取得的成就足以证明，神话与诗的关系是一个大有可为的研究领域。

事物的利弊往往相反相成。原型批评从大处着眼，眼界开阔，然而往往因之失于粗略，不能细察艺术作品的精微奥妙，不能明辨审美价值的上下高低。正如布什所说，神话和原型批评的最大局限在于"它本身并不包含任何审美价值的标准"。[③]弗莱主张客观的科学态度，反对批评家对作品做价值判断。但是，批评和评价

---

① 闻一多，《高唐神女传说之分析》，见《神话与诗》，第107页。

② 闻一多，《说鱼》，同上书，第135页。

③ 道格拉斯·布什，《文学史与文学批评》，见贝特编《文评选萃》，第702页。

是难以分开的，取消审美的价值判断，让粗劣的作品和真正伟大的作品鱼龙混杂，享受同等待遇，就等于取消了批评本身存在的理由。从弗莱自己的著作看来，他主要讨论和引用最多的，仍然是西方文学重要的经典，这当中也就可以见出他心目中其实有价值判断，而且和文学传统的价值判断并无不同。

　　弗莱的理论只停留在艺术形式的考察，完全不顾及文学的社会历史条件，所以它虽然勾勒出文学类型演变的轮廓，见出现代文学回到神话的趋势，却不能正确解释这种现象。文学类型的循环是现象，但却不是它自身的原因。正如太阳东升西落的循环，不能从循环本身得到解释，只能由太阳和地球的相对运动来解释一样，现代文学把世界描写成非理性的、荒诞的，人在世界上完全没有把握环境和控制事件进程的能力，这只能由现代社会中人的自我异化的危机来解释。对原始人类说来，自然界是神秘的异己力量，对现代人说来，西方高度发达的工业化社会也仍然是神秘的异己力量。敏感的艺术家们把这个矛盾用反传统的荒诞形式表现出来，于是现代文学似乎重新趋于神话。然而这并不是简单的重复，弗莱在指出这种循环时忘了这个实质性的区别：古代神话充满了动人的真诚，闪烁着诗意的光辉，现代神话却分明是冷嘲热讽，在那荒诞的面具背后更多的不是想象，而是理智，不是对自然的惊讶，而是对人世感到的失望、苦闷和悲哀。然而综观弗莱的原型批评，我们不能不承认，他吸取心理学、人类学等其他学科的研究成果，对西方文学的总体有深入全面的了解，提出的许多看法的确是深刻而且发人深省的洞见，他对文学和文学批评的许多具体评论给人留下深刻的印象，对研究文学的人说来，弗莱的神话和原型批评是我们应该去仔细了解的理论。

5

艺术旗帜上的颜色

——俄国形式主义与捷克结构主义

"那么，先生，什么是诗呢？"

"嘿，要说什么不是诗倒容易得多。我们都知道什么是光，可要说明它却不那么容易。"[①]

这是詹姆斯·鲍斯韦尔在他那本赫赫有名的《约翰生博士传》里，记载他和约翰生的对话。的确，什么是诗这个问题，历来就很少令人满意的回答。什么是真正的好诗，诗的艺术价值取决于什么因素，这更是诗的各种定义里很少说明也很难说明的。中国明代的画家和

————————

① 鲍斯韦尔（James Boswell），《约翰生博士传》（*The Life of Samuel Johnson, LL. D*），伦敦1906年人人丛书版，第2卷，第27页。此处所记为1776年4月12日谈话。

诗人徐渭提出一种十分奇特的判别方法：把诗拿来一读，"果能如冷水浇背，陡然一惊"，便是好诗，"如其不然，便不是矣"。[①]真是巧得很，美国女诗人艾米莉·狄金森（Emily Dickinson）谈到诗的艺术感染力，有段话说得和徐渭那句话十分合拍、遥相呼应："要是我读一本书，果能使我全身冰冷，无论烤什么火都不觉得暖和，我便知道这就是诗。"[②]可是，全身冰冷的感觉和诗的好坏有什么必然联系呢？判别什么是诗和什么是好诗，显然不能以变化不定的主观感觉为标准，而必须另辟蹊径，在作品本身去寻找诗之所以为诗的内在因素。在十月革命前夕那些动荡的日子里，一些俄国学者们却正在书斋里探讨这样的理论问题。

一、俄国形式主义

1915年，在莫斯科成立了以罗曼·雅各布森为首

---

① 徐渭，《徐文长集》卷17《答许北口》。
② 转引自肯尼迪（X. J. Kennedy），《诗歌引论》（*An Introduction to Poetry*），波士顿1966年第4版，第298页。

的"莫斯科语言学小组";翌年，又在彼得格勒成立了
以维克多·什克洛夫斯基为首的"诗歌语言研究会"。
这两个组织集合了当时俄国一批年轻的语言学家、文学
史家和批评家，他们希望把文学研究变成一种科学，于
是首先需要明确文学研究的对象是什么。雅各布森讲得
很清楚，"文学研究的对象不是笼统的文学，而是文学
性，也就是使一部作品成其为文学作品的东西"，而当
时的许多文学史家却把文学作品仅仅当成"文献"，
"似乎忘记了他们的著作往往滑进了别的有关学科——
哲学史、文化史、心理学史等"。①什克洛夫斯基回顾
当年情形时也说，他们当时"坚持对诗和散文直接进行
分析的意义"，而反对"艺术好像以经济力量为基础"
那种观点。②在他们看来，既然文学可以表现各种各样
的题材内容，文学作品的特殊性就不在内容，而在语言
的运用和修辞技巧的安排组织，也就是说，文学性仅在

① 雅各布森（Р.Якобсон），《最近的俄罗斯诗歌》（《Новейшая
русская поэзия»），布拉格1921年版，第11页。
② 什克洛夫斯基（В. Шкловский），《文艺散文·思考与评
论》（《Художественная проза. размышления и разборы»），莫
斯科1961年版，第6页。

于文学的形式。由于这个原因，这派文评被称为形式主义文评。

别林斯基和波杰布尼亚都认为，艺术就是形象思维（мышление в образах），而在这种观念背后是象征主义和斯宾塞、阿芬纳留斯等人关于精力节省的理论：用熟悉的形象代替变化不定的复杂事物，就很容易把握复杂事物的意义。但什克洛夫斯基认为，诗的形象只是诗的各种技巧之一，并不比别的技巧更特别、更有效，而所有艺术技巧的最后效果绝不是精力的节省。精力节省的原理也许适用于日常生活的情形：对于经常做的事和天天见到的东西，我们往往习而相忘，可以不假思索地自动去做，可以视而不见，听而不闻，在惯性动作中失去对事物的感受和知觉。艺术的目的却恰恰相反。什克洛夫斯基对此有一段论述：

艺术之所以存在，就是为使人恢复对生活的感觉，就是为使人感受事物，使石头显出石头的质感。艺术的目的是要人感觉到事物，而不是仅仅知道事物。艺术的技巧就是使对象陌生，使形式变得困难，增加感觉的难度和时间长度，因为感觉过程本身就是审美目的，必须设法延长。艺术是体验对象的艺术构成的一种方式，而对象本身并不重要。①

这里提出的"陌生化"（остранение）是俄国形式主义文评一个十分重要的概念，它强调新鲜的感受，强调事物的质感，强调艺术的具体形式。什克洛夫斯基从不少古典作品中举例来阐明这个概念，如托尔斯泰的《量布人》（«Холстомер»）以马作为叙述者，用马的眼光看私有制的人类社会，在《战争与和平》里用一个非军人的眼光看战场，都在陌生化的描写中使私有制和战争显得更加刺眼地荒唐不合理。诗里的夸张、比喻、婉转说法，诗中常用的古字、冷僻字、外来语、典故等，无一不是变习见为新知、化腐朽为神奇的"陌生化"手法。在俄国读者习惯于玩味杰尔查文那种高雅诗句时，普希

---

① 什克洛夫斯基（V. Shklovsky），《作为技巧的艺术》（*Art as Technique*），见莱芒（Lemon）与里斯（Reis）编译《俄国形式主义批评：四篇论文》（*Russian Formalist Criticism: Four Essays*），内布拉斯加大学出版社1965年版，第12页。

金却为长诗《欧根·奥涅金》的女主人公选择了一个村姑或女仆常用的名字：

> Ее сестра звалась Татьяна···
>
> Впервые именем таким
>
> Страницы нежные романа
>
> Мы своевольно освятим.
>
> 她的姐姐叫塔吉亚娜……
>
> 我们将第一次任性地
>
> 用这样一个名字来装点
>
> 小说里抒写柔情的文字。①

诗人还特别加注说明，这类好听的名字只在普通老百姓中才使用。他描写夜色，有"甲虫嗡嗡叫"（Жук жужжал）这样当时被视为"粗俗"的句子。②然而正是采取民间语言入诗，给普希金的作品带来了清新的气

---

① 普希金（А. С. Пушкин），《欧根·奥涅金》（«Евгений Онегин»），第2章第24节。

② 同上，第7章第15节。

息。陌生新奇的形式往往导致新的风格、文体和流派的产生，一如什克洛夫斯基所说："新的艺术形式的产生是由把向来不入流的形式升为正宗来实现的。"①普希金以俗语入诗，与华兹华斯、雨果、史勒格尔等浪漫主义者的主张相近，也类似于中国古代韩愈以文入诗的做法，合于司空图所谓"知非诗诗，未为奇奇"的论断。钱锺书先生早在40年代已经注意到什克洛夫斯基这一理论，并在与有关的中国传统议论相比之后总结说："文章之革故鼎新，道无它，曰以不文为文，以文为诗而已。"②可以说这是以"陌生化"为基础的文学史观。

什克洛夫斯基把"陌生化"理论运用于小说，还提出了两个影响广泛的概念，即"故事"（фабула）和"情节"（сюжет）。作为素材的一连串事件即"故事"变成小说的"情节"时，必定经过创造性变形，具有陌生新奇的面貌，作家愈是自觉运用这种手法，作品也愈成功。按照这种理论，自然主义和写实主义必然

---

① 什克洛夫斯基，《情感旅行》（*Sentimental Journey*），塞尔顿（R. Seldon）英译，康奈尔大学出版社1970年版，第233页。
② 钱锺书，《谈艺录》第36页，又参见同书第42页。

让位于现代的先锋派小说，因为这种小说更自觉地运用把现实加以变形的陌生化手法。因此，可以说什克洛夫斯基为现代反传统艺术奠定了理论基础。形式主义者努力确定把故事题材加以变化的各种手法，并指出这些手法对于理解小说的意义极为重要。米哈依尔·巴赫金论陀思妥耶夫斯基的"复调小说"（полифонический роман），就显然受到形式主义理论的影响。巴赫金指出，陀思妥耶夫斯基小说里的人物并非作者的传声筒，他们的声音各自独立，和普通小说里作者的声音一样有权威性。这种语调的复杂结构对于作品的理解大有关系，而以往许多评论离开这种"复调"形式空谈内容，就难以抓住问题的实质，因为"不懂得新的观察形式，就不可能正确理解借助于这种形式才第一次在生活中看到和显露出来的东西。正确地理解起来，艺术形式并不是外在地装饰已经找到的现成的内容，而是第一次地让人们找到和看见内容"。[①]什克洛夫斯基曾说："托尔

---

① 米·巴赫金（М. Бахтин），《陀思妥耶夫斯基诗学诸问题》（«Проблемы поэтики Достоевского»），莫斯科1963年第2版，第7–8页。

斯泰故意不说出熟悉物品的名称，使熟悉的也变得似乎陌生了。他描绘物品就好像是第一次看见这物品，描绘事件就好像这事件是第一次发生那样。"①巴赫金和什克洛夫斯基都强调的这个"第一次"，就是事物的新鲜感，也就是"陌生化"的新奇效果。

　　如果说雅各布森的"文学性"概念从语言特点上把文学区别于非文学，什克洛夫斯基的"陌生化"概念则进一步强调艺术感受性和日常生活的习惯性格格不入。文学的语言不是指向外在现实，而是指向自己；文学绝非生活的模仿或反映，而是生活的变形：生活的素材在艺术形式中出现时，总是展现出新奇的、与日常现实全然不同的面貌。于是，什克洛夫斯基写下了这样的话："艺术总是独立于生活，在它的颜色里永远不会反映出飘扬在城堡上那面旗帜的颜色。"正像他后来意识到的，在他这样谈论旗帜的颜色时，"这面旗帜已经给艺术下了定义"。②自亚里士多德以来关于艺术是模仿的

①　什克洛夫斯基，《作为技巧的艺术》，见前引《俄国形式主义批评：四篇论文》，第13页。
②　什克洛夫斯基，《文艺散文·思考与评论》，第6页。

观念，把艺术最终建立在现实世界的基础上，而俄国形式主义者则与之相反，强调甚至过分夸大了艺术与现实的本质差异。

俄国形式主义在20年代受到了严厉批判。托洛茨基在《文学与革命》里专辟一章批判雅各布森、什克洛夫斯基等人的理论，把形式主义称为"对文字的迷信"。他特别引了什克洛夫斯基关于艺术和城堡上的旗帜那段话以及形式主义者们一些别的言论，强调艺术不可能独立于生活，因为"从客观历史进程的观点看来，艺术永远是社会的仆从，在历史上是具功利作用的"，无论打出什么颜色的旗帜，艺术总是要"教育个人、社会集团、阶级和民族"。①这当然是文艺为政治服务的调子，而经过这场批判，到1930年之后，作为一个理论派别的俄国形式主义便销声匿迹了。

---

① 托洛茨基（L.Trotsky），《诗歌的形式主义派与马克思主义》，斯特鲁姆斯基（Ross Strumsky）英译，见亚当斯（H. Adams）编《自柏拉图以来的批评理论》，第822页。

二、布拉格学派

"莫斯科语言学小组"的领导者雅各布森于1920年来到捷克，使俄国形式主义与布拉格学派之间建立起明显的联系。然而总的说来，俄国形式主义更主要是以彼得格勒"诗歌语言研究会"（Опояза），即以什克洛夫斯基、艾辛鲍姆等人为代表。雅各布森和布拉格学派的主要人物穆卡洛夫斯基都对索绪尔语言学和胡塞尔现象学有过研究，他们的理论也具有更复杂的哲学背景。穆卡洛夫斯基在1934年为什克洛夫斯基《散文理论》的捷克译本作序时，就对形式主义有所批评，而宁可采用"结构"和"结构主义"这些术语。布拉格学派的理论也常被称为捷克结构主义。

布拉格学派从分析语言的各种功能入手，认为文学语言的特点是最大限度地偏离日常实用语言的指称功能，而把表现功能提到首位。这就是穆卡洛夫斯基所谓语言的"突出"（foregrounding）："诗的语言的功能在于最大限度地突出词语……它的用处不是为交际服务，而是为了把表现行动即言语行动本身提到突出地位。"①换言之，文学语言不是普通的语言符号，而是"自主符号"（autonomous sign），因为它不是指向符号以外的实际环境，而是指向作品本身的世界。任何符号都有两个方面，一个是代表某事某物的代码（code）即能指（signifiant），另一个是被代表的事物即所指（signifié）；譬如"雪花"这两个字是能指，其所指是水蒸气在寒空凝结之后，纷纷扬扬飘落下来的六角形白色结晶体。然而在李白的诗句"燕山雪花大如席"里，按照符号学理论的解释，"雪花"的所指是虚构的诗的世界里的雪花，它也只在诗里才能"大如席"，我们读到这句诗，想到的只是全诗构成的那个艺术世界，而见不到实际的雪花，也不会做出实际的反应，不会去烤火或穿上冬衣。这当然是艺术与现实的重要区别，但穆卡洛夫斯基超出形式主义的一点，在于他并未把诗的语言和实用语言截然分开，却承认二者只是强调重点的不

① 穆卡洛夫斯基（Jan Mukařovský），《标准语言和诗歌语言》，见伽文（P. L. Garvin）编译《布拉格学派美学、文学结构与文体论文选》（*A Prague School Reader on Aesthetics, Literary Structure and Style*），华盛顿1964年版，第43–44页。

同。诗的语言使用指事称物的词汇，就必然有交际的功能，诗里的"雪花"虽然不指实际的"雪花"，却与实际有意义上的联系。另一方面，实用语言也有表现功能，也用各种修辞手法，我们常把真的雪花称为"鹅毛大雪"，就是一种夸张的比喻。穆卡洛夫斯基认为文学作品和文学史当中，存在着艺术的自主功能和交际功能既对立又统一的辩证关系，这一点也是后来的符号学研究，尤其是苏联学者洛特曼的著作详加论述的。[①]穆卡洛夫斯基发挥索绪尔语言学的基本概念，形成关于文学符号和结构的一套理论，使他成为早期结构主义的重要代表。

布拉格学派与胡塞尔现象学的关系也值得一提。胡塞尔曾于1935年到布拉格作关于"语言现象学"的演讲，他的波兰学生罗曼·英加登对捷克学者们也有影响。英加登把现象学原理和方法应用于文学研究，认为作品结构由不同层次构成，其间有许多未定点（Unbestimmtheitsstelle），需要读者在阅读中加以充

① 参见尤里·洛特曼（Юрий Лотман），《文学作品的结构》（«Структура художественного текста»），莫斯科1970年版。

实，使之具体化（Konkretisation），只有在这种具体化
过程中，一部作品才成为审美活动的对象。[①]穆卡洛夫
斯基在《作为社会事实的审美作用、标准和价值》这本
小册子里，也认为一部作品印制成书，只是一个物质的
成品，只具有潜在的审美价值，在读者的理解和阐释即
在审美活动中，它才表现出实际的审美价值，成为审美
客体。由于各时代审美标准不同，甚至同代人随年龄、
性别、阶级的差异，也具有不同标准，所以审美价值也
是可变的。这就是说，审美价值是作品在接受过程中产
生出来的，在这一点上，穆卡洛夫斯基的理论已经预示
出当代接受美学的基本观念，并显示了现象学与接受理
论的关系。尽管穆卡洛夫斯基曾借鉴现象学和结构主义
语言学等多方面理论，但他自己的理论却能把吸取来的
成分融会贯通，具有不可磨灭的独创性，对现代文论的
发展也产生了值得注意的影响。

---

① 参见罗曼·英加登（Roman Ingarden），《文学的艺术品》
（*Das literarische Kunstwerk*），图宾根1960年第3版，第270页及
以下各页。

三、结束语

俄国形式主义反对把文学当成历史文献或装载哲学、道德内容的容器，反对把作品分析变成起源的追溯或作者心理的探寻，而坚持对文学语言和技巧直接进行分析，这些基本方面和英美新批评的主张都很一致。与此同时，俄国形式主义还反对把文学作品最终归结为一种单一的技巧，如"形象思维"，而认为文学的基本特点——陌生化——是各种技巧的总和。于是作品分析具有更大的开放性，不仅考虑单部作品，而且发展为体裁理论的探讨，这又是它比英美新批评更灵活、更具潜在力量的方面。俄国形式主义理论经过布拉格学派的发挥，就显出更为丰富的内容。当维克多·埃利希（Victor Erlich）在50年代中期把俄国形式主义最初介绍到西方时，他那本英文著作《俄国形式主义的历史和理论》并未引起足够重视；十年之后，茨维坦·托多洛夫用法文翻译俄国形式主义者的论文，汇成《文学的理论》这本小书出版，却立即引起热烈反应。从莫斯科到布拉格再到巴黎，也就是从俄国形式主义到捷克结构主义再到法国结构主义，已经被普遍认为代表着现代文论发展的三个重要阶段。形式主义被视为结构主义的先驱，具有十分重要的意义。正如荷兰学者佛克马教授所说："欧洲文论家的几乎每一个新派别都从这'形式主义'传统得到启发，各自强调这传统中的不同趋向，并力图把自己对形式主义的解释说成是唯一正确的解释。"①

形式主义销声匿迹三四十年之后，在60年代的苏联重新被人提起，得到重新评价。什克洛夫斯基、艾辛鲍姆、蒂尼亚诺夫以及巴赫金、普洛普等人20年代写成的著作，又有了重版印行的机会。于是什克洛夫斯基在1961年出版的一本文集里得以重新发挥过去的观点，并且意味深长地感慨："光阴荏苒，太阳升起过一万多次，四十个春秋过去了，现在西方有人想借我的话来争辩飘扬在我的城堡上我的那面旗帜的意义。"②事实上，60年代以来苏联的符号学研究显然也和形式主义传

---

① 佛克马（D.W. Fokkema）与昆纳-伊勃思（E. Kunne-Ibsch）合著《二十世纪文论》（*Theories of Literature in the Twentieth Century*），伦敦1977年版，第11页。
② 什克洛夫斯基，《文艺散文·思考与评论》，第7页。

统有继承的关系。在形式主义这起伏变化的命运中，有几点是值得深思的。

首先，形式主义这个概念本身容易导致简单化的理解。形式主义是批评他们的人强加给这一派文学理论家的名称。大多数所谓"形式主义者"并不认为文学作品存在于超历史的真空里，他们在艺术创作中主要与未来派，尤其与著名诗人马雅可夫斯基有密切联系。因此，形式主义者实际上并不那么"形式主义"，即并非全然抱着超历史、超政治的态度。他们的"文学性"概念不过是强调：文学之为文学，不能简单归结为经济、社会或历史的因素，而决定于作品本身的形式特征。他们认为，要理解文学，就必须以这些形式特征为研究目标，也正是在这个意义上，他们反对只考虑社会历史的因素。什克洛夫斯基的"陌生化"观念把"文学性"更加具体化，既说明单部作品的特点，也说明文学演变的规律。在强调文学增强生活的感受性这一点上，"陌生化"正确描述了作品的艺术效果，然而把形式的陌生和困难看成审美标准，似乎越怪诞的作品越有价值，当然也有其局限和片面性。在说明文学发展、文体演变都是推陈出新这一点上，"陌生化"正确描述了文学形式的变迁史，然而认为一种形式似乎到一定时候自然会老化，新的形式自然会起来，而不考虑每一种新形式产生的社会历史背景，其解释新形式和新体裁产生的情形，也不能令人信服。因此，文学形式的研究与文学和社会、历史环境的研究不应当互相排斥，而应当互为补充，形式的分析完全有权成为严肃的文学研究的重要部分，虽然不是其全部。不过从实际情形看来，从社会政治的角度批判形式主义，往往连文学形式的分析也一并取消，似乎一谈形式就是资产阶级的唯美主义和形式主义，结果完全无力对作品进行艺术分析。在四五十年代的苏联，这种庸俗社会学的研究是大量存在的，而且在我们的文学评论中，这种影响也很不小。在这种倾向影响之下，批评从概念出发，不接触文学作品的具体实际。创作也从概念出发，似乎忘记了文学是语言的艺术，于是产生出不少缺乏完美的艺术形式、图解概念的公式化作品。人们现在已经越来越厌弃这样的评论和创作。在新的时代，我们的文学评论已极力摆脱这种庸俗社会学的恶劣影响，不少作家也勇于在艺术形式上进行

新的探索。在这时候重新评价俄国形式主义和捷克结构
主义的理论，避免其中的局限，吸取其中合理的成分，
也就会很有好处。当什克洛夫斯基说艺术的颜色不反映
城堡上旗帜的颜色时，他那句话是极有针对性的，因为
真正伟大的艺术是想象的创造，文学绝不会像一面普通
镜子那样机械地反映现实，也不会服务于现实或任何艺
术之外的目的。正如高尔基说过的，俄罗斯风景画家列
维坦作品中那种美是并非现实的，因为在现实中那种
美"并不存在"。①的确，艺术固然不能完全独立于生
活，然而在艺术的旗帜上，我们常常会发现现实生活中
没有的、绚烂丰富的色彩。

---

① 高尔基，《文学写照》，巴金译，人民文学出版社1978年
版，第214页。

6

语言的牢房

——结构主义的语言学和人类学

赵元任先生曾把一个德国故事中国化，讲一个老太婆初次接触外语，觉得外国人说话实在没有道理："这明明儿是水，英国人偏偏儿要叫它'窝头'（water），法国人偏偏儿要叫它'滴漏'（de l'eau），只有咱们中国人好好儿的管他叫'水'！咱们不但是管它叫'水'诶，这东西明明儿是'水'么！"[①]可是，也许英国老太太会争辩说，这东西明明是water；法国老太太又会说，它明明是de l'eau；而德国老太太会认为她们都不对，因为在她看来，这东西明明是Wasser呀！这些老太

---

① 赵元任，《语言问题》，商务印书馆1980年版，第3页。

太们都没有跳出语言的牢房。她们不明白语言符号完全是约定俗成的，其意义完全决定于各自所属的符号系统。可是，要跳出语言的牢房又谈何容易，因为你跳出一个符号系统，不过是进入另一个符号系统，要脱离任何语言系统来思维或表达思维，都是不可思议的。

那么，是否可以通过研究语言的规律来探测思维的一般规律呢？这正是当代哲学努力探讨的问题，也是叫作结构主义的思潮所关切的问题。结构主义基本上是把语言学的术语和方法广泛应用于语言之外的各个符号系统，归根结底是要寻求思维的恒定结构。在文学研究中也是一样，语言学模式有极重要的意义。所以要了解结构主义文论，就不能不首先了解结构主义语言学的某些基本原理。

一、语言学模式

瑞士语言学家菲迪南·德·索绪尔的《普通语言学教程》是为结构主义奠定基础的重要著作。在这本书里，索绪尔建立了共时（synchronic）语言学，认为不仅可以从历时（diachronic）方面去研究语言的发展变化，还应当从现时用法的角度，把语言作为一个符号系统来研究。强调语言的系统性，也就是强调其结构性，因为按照皮亚杰的定义，结构意味着一个完整自足的系统，组成这系统的各个成分在性质和意义两方面，都取决于这系统本身的一套规范。①拿上面那个故事为例，几位老太太互相争执，就因为她们各自的符号系统不一样，对中国老太太说来，只有符合汉语规范的"水"才有意义，而water、eau、Wasser都没有意义。由此可见，单词和语句即日常使用的具体语言，都是在整个符号系统里才有意义。我们要懂得另一种语言的词句，就必须掌握那种语言的词汇和语法，也就是它的符号系统。我们具体使用的词句叫言语（parole），整个符号系统叫语言（langue），具体言语千差万别，因人因时而异，但它们能表情达意，让使用同一种语言的人都能明白，就由于它们总是遵从同一种规范，或者说同一个符号系统规定了它们的意义。索绪尔区别语言与言语，就突出了

① 参见皮亚杰（Jean Piaget），《结构主义》（*Le Structuralisme*），巴黎1968年版，第1章。

语言系统的结构性质，确认任何具体言语都没有独立自足的意义，它们能表情达意，全有赖于潜在的语言系统起作用。这条原理应用于文学研究，就必然打破新批评那种自足的作品本体的概念，因为结构主义者把个别作品看成文学的表述即"言语"，一类作品的传统程序和格局则是文学的"语言"。正像脱离了整个符号系统，孤立的词句就没有意义一样，不了解文学程序的"语言"，任何作品也都不可能真正被理解。

系统规范和具体言语之间的关系，在声音的层次上已经表现得很清楚。以雅各布森和特鲁别茨柯依（N. Trubetskoy）为代表的布拉格学派发挥索绪尔的思想，对音位学作出了很大贡献。人类发音器官能发出的音和耳朵能辨别的音很多，但并非所有的音都有区别词义的功用。在汉语里，"多"和"拖"是不同的两个字，它们的区别只是辅音即声母的不同，前者不送气，后者送气。辅音的送气和不送气在汉语里有区别词义的功用，也就成为两个音位（phonemes）。可是在英语里，送气和不送气的辅音没有区别词义的功用，在语音层次上有实际差异，在音位层次上却没有区别，所以stall（马厩）不送气的［t］和tall（高大）送气的［t'］，在中国人听起来差别很大，在英美人听起来却没有什么不同。中国话的四声能区别词义，也就具有音位的意义。"拼""贫""品""聘"发音相同，因声调不同而成四个不同的字，在英美人听来却没有区别，因为在他们的语言里，声调并没有音位的意义，用不同声调念同一个词，意义并不改变。由此可见，尽管有许多实际上不同的声音声调，但只有被一种语言的共时结构所承认的差别，说那种语言的人才能辨认，才觉得有意义。在这里，我们明显看出语言系统对个别语音的决定作用；同时也看出一个音有意义不是由于它本身的性质，而是由于它在语言系统里和别的音相关联，形成一定的对比。例如在一句话里我们听懂"多"字，是因为我们辨别出是不送气的"多"，而不是送气的"拖"。这种对比关系就是结构主义理论中十分重要的"二项对立"（binary opposition）的原理，这条原理不仅适用于音位的层次，而且适用于词和句等各个层次。

　　索绪尔给词即语言符号下了这样的定义："语言学的符号不是把一个事物与一个名称统一起来，而是

把一个概念与一个有声意象（image acoustique）统一
起来"。①有声意象又称能指（signifiant），概念又称
所指（signifié），两者合起来就构成一个符号。用能指
去命名所指概念，完全是任意的，例如水的概念叫作
"水"，water、eau或Wasser等，完全是约定俗成；高
大多枝叶的植物在中文叫"树"，英文叫tree，法文叫
arbre，德文叫Baum，俄文又叫дерево，都讲不出必然的
理由。正像朱丽叶说的：

> What's in a name? That which we call a rose
>
> By any other word would smell as sweet.
>
> 名字有什么？我们叫玫瑰的那种花
>
> 换成别的名字还不是一样芬芳。②

然而玫瑰一旦叫作玫瑰，就不能随便改动，因为这个符

---

① 索绪尔（F. de Saussure），《普通语言学教程》（*Cours de linguistique générale*），巴黎1949年第4版，第98页。

② 莎士比亚（William Shakespeare），《罗密欧与朱丽叶》（*Romeo and Juliet*），第2幕第2场。

号的意义已经在符号系统中固定下来。索绪尔说："语言是一个由互相依赖的各项组成的系统，其中任何一项的价值都完全取决于其他各项的同时存在。"[①]换言之，语言中任何一个词或句都在和别的词或句形成二项对立时，表现出它的价值和意义。就玫瑰而言，由于还有像月季、丁香、罂粟等许多别的符号存在，相对于它们，玫瑰就只能叫玫瑰。

语言存在的方式是时间性的。一幅画的画面可以同时呈现在眼前，但一句话无论是听还是读，都总是一个个字按时间顺序依次出现。于是语句的展开有一种水平方向的时序运动，其中每个词都和前后的词形成对立并表现出它的意义。例如贾岛的名句"鸟宿池边树，僧敲月下门"，我们要一个个字读下来，到句尾才明白其意义。在语言学上，这就构成语言历时的或横组合的（syntagmatic）方面。索绪尔又指出另一种十分重要的关系：一句话里的每个词和没有在这句话里出现而又与之相关联的词也形成对比。"僧敲月下门"的"敲"

---

① 索绪尔，《普通语言学教程》，前引法文本，第159页。

字和没有在句中出现的"推"字形成对比，这未出现的
"推"显然有助于确立"敲"字的意义甚至这整句诗的
意境。这是中国人熟知的例子。这样，语句的形成就有
一种垂直方向上的空间关系，索绪尔称之为联想关系，
也就是语言共时的或纵组合的（paradigmatic）方面。
由此可见，语句中每个词的意义并不是本身自足的，而
是超出自身之外，在纵横交错的关系网中得到确立。换
言之，语言中任何一项的意义都取决于它与上下左右其
他各项的对立，它的肯定有赖于其他各项的否定。所以
索绪尔说："语言中只有差异。不仅如此，差异一般意
味着先有肯定项，然后才能形成与之不同的差异；但在
语言中却只有无肯定项的差异。"[①]这就完全打破以单
项为中心的概念，认为语言中任何一项都相对于其他项
而存在，没有"上"也就没有"下"，没有"内"也就
无所谓"外"等。这种二项对立的辩证关系，中国古人
也早有认识，所以《老子》二章云："有无相生，难易
相成，长短相形，高下相盈，音声相和，前后相随，恒

---

① 索绪尔，《普通语言学教程》，前引法文本，第166页。

也。"索绪尔这个思想影响极为深远，正如乔纳森·卡勒所说："的确，结构分析中最重要的关系也是最简单的，即二项对立。无论语言学的典范还起过什么别的作用，毫无疑问的是它鼓励了结构主义者以二项的方式思考，无论他们研究什么材料，都在其中去寻找功能上互相对立的两面。"[①]在结构主义者看来，二项对立不仅是语言符号系统的规律，而且是人类文化活动各个符号系统的规律。只因为语言是最重要最明显的符号系统，所以语言学可以为研究其它符号系统提供一个基本模式。

二、结构主义人类学

语言学术语和方法在人类学研究中的应用，是结构主义从语言学走向其他学科的最早标志之一。法国人类学家克劳德·列维-斯特劳斯像索绪尔那样，力求在零散混乱的现象下面去寻找本质上类似于语言系统的结构。他认为雅各布森和特鲁别茨柯依的理论贡献是"音位学

①　卡勒（Jonathan Culler），《结构主义诗学》（*Structuralist Poetics*），伦敦1975年版，第14页。

的革命"，其重要启示是不能把文化中任何一项看成独立自足的实体，而应在各项的相互关系中确定其价值。

列维–斯特劳斯把亲族关系、婚姻习俗、饮食方法、图腾象征等人类学材料，都放在二项对立关系中去考察，力求见出它们的内在结构。例如，他发现舅甥和父子之间有互补的联系：在较原始的社会里，如果儿子绝对服从父亲，他和舅父之间就是一种十分亲近的关系；在有些地方，儿子和父亲十分亲近，舅父就非常严厉，代表着家族的权威。经过仔细分析，他发现这两对互相对立的关系只是全世界亲族关系系统的一个方面，而这个系统包括四对关系，即兄妹、夫妻、父子、舅甥，其中兄妹和舅甥是相应的关系，夫妻和父子也是相应关系。列维–斯特劳斯通过这些二项对立关系的分析，发现它们都是"普遍存在的乱伦禁忌的直接结果"，而把亲族关系的系统最终看成"一种语言"，即一个完整的符号系统。[①]只有了解亲族系统的"语言"，才能深入了解舅甥、父子等具体"言语"的意义。

① 列维–斯特劳斯（Claude Lévi-Strauss），《结构人类学》（*Structural Anthropology*），伦敦1972年英译本，第46、47页。

列维-斯特劳斯认为，表面上十分复杂凌乱的语言学和人类学材料能有类似的结构，是由于人类文化现象具有共同的"无意识基础"。[①]另一个重要的结构主义者雅克·拉康又说"无意识在结构上很像是语言"，而"梦具有语句的结构"。[②]在这一点上，结构主义和弗洛伊德学说显然交汇到了一起。为了探索这"无意识基础"，列维-斯特劳斯着重研究原始思维、图腾和神话，因为神话不讲逻辑，似乎可以任意编造，而世界各地的神话又大同小异，令人惊讶的相似，这就不能不归结为人类思维的普遍基础："如果人的思维甚至在神话的创造中也是有条理的，在其他方面必然更是如此。"[③]事实上，列维-斯特劳斯把神话看成一个自足的符号系统或"语言"，它在自己的结构中生成各个神话故事的具体表述或"言语"，而在他看来，世界各地的神话故事大

---

① 列维-斯特劳斯（Claude Lévi-Strauss），《结构人类学》，前引英译本，第18页。

② 雅克·拉康（Jacques Lacan），《文集》（*Écrits*），巴黎1966年版，第594、267页。

③ 列维-斯特劳斯，《生食与熟食》（*Le Cru et le cuit*），巴黎1964年版，第18页。

同小异，说明不是各民族任意创造神话，倒是神话系统本身决定着各民族神话的创造。所以他说："我的目的不是证明人怎样借神话来思维，倒是神话怎样借人来思维而不为人所知。"①这说明他不是解释个别神话的意义，而是探寻全部神话的"无意识基础"的决定作用。因此，他往往把不同民族的神话或同一神话的各种变体加以比较，找出功能上类似的关系，并且仿照音位学术语，把这些关系的组合称为"神话素"（mythemes）。他认为同一神话不仅在一种叙述中展开，而且和不同变体及不同的其他神话相关联，分析神话必须把它们同时加以考虑。这样，每一神话都不仅在历时性即横组合的轴上展开叙述，而且在共时性即纵组合的轴上与别的变体或别的叙述相联系，像交响乐的总谱一样，既有横向上的旋律，又有纵向上的和声。②神话的意义，正像语言中任何词句的意义一样，都在这纵横交错的关系网中得到确立。

　　对神话的研究使列维–斯特劳斯相信，神话也有它

①　列维–斯特劳斯，《生食与熟食》，第20页。
②　见列维–斯特劳斯，《结构人类学》，第212页。

的逻辑，而且"神话思维的这种逻辑与现代科学的逻辑同样严密"。[①]这种神话逻辑或图腾逻辑是原始人类的思维方式，它不是分析性的抽象逻辑，而是一种具体的形象思维，有一种所谓"拼合"（bricolage）能力，直接用具体形象的经验范畴去代替抽象逻辑的范畴。这种神话逻辑用自然事物在二项对立中代表抽象的关系，为原始人类满意地解释他们周围的世界。例如日和月这对事物，也就是中国古代的阴和阳这二项对立，在不同场合可以代表夫妻、兄妹、刚柔等几乎任何相反相成的事物。如果一个部落相信自己是熊的后代，另一个部落自命为鹰的后代，"这不过是一种具体简略的说法，说明这两个部落之间的关系类似于熊和鹰之间的关系"。[②]熊和鹰在这里像日月一样，不过是图腾逻辑的两个具体符号，在二项对立中象征分别以熊和鹰为图腾的这两个部落的关系。又如英法民间有一种风俗，姊妹二人如果妹妹先结婚，行婚礼时便有一种仪式，让姐姐光着脚跳

---

① 见列维-斯特劳斯，《结构人类学》，第230页。
② 列维-斯特劳斯，《今日的图腾》（*Le Totémisme aujorrd'hui*），巴黎1962年版，第44页。

舞或让她吃一盘生菜，或者把她举起来放在炉灶上。列维–斯特劳斯认为这些风俗不能孤立地分开来解释，而应当联系起来找出它们共同的特征。[①]他发现这些仪式用生食与熟食来代表自然与社会的对立：光着脚跳舞和吃生菜表示姐姐尚未成熟而进入社会，把她放上灶台则是象征性地把她"煮熟"。西方文化的传统观念认为大女儿独身不嫁是坏事，所以这些仪式实际上是象征性的惩罚或象征性的补救。按照列维–斯特劳斯的意见，饮食和烹调不仅是反映某种文化的一套复杂的符号系统，而且像生与熟这样的二项对立显然和阴阳五行观念一样，可以代表自然与文明等各种对立关系。有了这种具体逻辑，就不难"在自然状态和社会状态之间建立起类同关系，或更确切地说，就有可能把地理、气象、动物、植物、技术、经济、社会、仪节、宗教和哲学等不同方面的有意味的对照等同起来"。[②]未开化的原始人总是用此事物去比拟和代表彼事物，建立起有复杂联系的世界

①　列维–斯特劳斯，《生食与熟食》，第341页。
②　列维–斯特劳斯，《野蛮人的思维》（*The Savage Mind*），伦敦1966年英译本，第93页。

图像，所以在这个意义上，"可以把原始思维定义为模拟思维"。①

　　然而所谓原始思维并不限于原始人类。列维-斯特劳斯指出，这种"野蛮人"的思维方式其实在一切人头脑中都是潜在的，在野蛮人那里表现为神话，在文明人那里则表现为诗。在这一点上，他和从维柯到弗莱的神话批评理论显然有共同之处。然而他不是偏重于心理学，而是受益于语言学，给他以启示的不是弗雷泽和荣格，而是索绪尔和雅各布森。

三、小结

　　在关于索绪尔语言学和列维-斯特劳斯人类学这篇简略的介绍里，我们还没有接触到结构主义文论的主要内容，但只要再把这两者的基本理论略加概括，就不难见出它们对文学研究可能作出的贡献和可能带来的问题。

　　索绪尔提出的"语言"和"言语"是结构主义最

————————
① 列维-斯特劳斯，《野蛮人的思维》，第263页。

基本的概念。应该强调的是，语言系统并不是个别言语的集合，而是一套抽象规范，我们只有通过或者说透过言语行动的例证，才能认识它的存在和它的性质。这就意味着任何深入到系统的研究，都必须透过个别现象深入到普遍本质，或者说从表层结构走向深层结构。在文学研究中，这就必然突破固守作品本文的狭隘观念，强调任何作品只有在文学总体中与其他作品相关联，才能真正显出它的意义。这在我们的阅读经验中是可以得到证明的，因为读一首诗和真正读懂一首诗，往往正是从一首诗的表层深入到文学总体的结构。例如曹植的《美女篇》写一位采桑女美貌非凡，却还没有称心如意的丈夫，于是只好"盛年处房室，中夜起长叹"。从语言表层看，这首诗并不难懂，它是写一位美女因为得不到男子宠爱而忧愁。然而这只是字面意义；作为文学的象征，美女还有如《乐府诗集》所说的另一层意义："美人者，以喻君子。言君子有美行，愿得明君而事之；若不遇时，虽见征求，终不屈也。"了解这层象征意义，才算读懂了这首诗。可是，这层意义从诗的语言表层并不能见出，它是从何而来的呢？如果我们知道中国古诗有以香草美人喻贤士君子的传统程序，不得意的诗人往往以被冷落的美人自况，如果我们把《美女篇》里"盛年处房室，中夜起长叹"和屈原《离骚》里"惟草木之零落兮，恐美人之迟暮"相比较，这层意义就很显豁了。由此可见，一首诗的象征意义并不是作品本文固有的，而往往依赖于同类型作品的同时存在，决定于文学系统的规范。读一首诗只接触到本文的语言表层，而读懂一首诗则要求把握由文学总体结构所决定的深一层意义。在这一点上，结构主义诗学颇能给人启发，因为在某种意义上，结构主义诗学正是一种"阅读实践的理论"。①

结构分析中十分重要的二项对立以及语言的横组合和纵组合两种关系的概念，在结构主义文论中都有广泛的应用，我们以后将做进一步讨论。我们还将看到，列维-斯特劳斯的神话分析对叙述体文学研究的影响也是不可低估的。他认为神话思维有具体逻辑，当然和艺术创造的形象思维很接近，所以神话即是诗，或者更确切地

---

① 卡勒，《结构主义诗学》，第259页。

说，神话是一切叙述体文学的雏形和模式。他不满足于
对个别神话做一般性解释，而是把一个神话与其他神话
相比照，找出它们功能上类似的关系，建立起连贯的体
系，并由此见出神话表层下面隐含的逻辑联系和意义。
就象语言学家透过具体言语总结出一套语法那样，列维-
斯特劳斯也是在神话分析中描述神话系统的语言。而他
相信，一旦掌握了这种语言，我们就能读懂似乎荒诞不
经的神话。所以卡勒认为，列维-斯特劳斯"似乎在创造
一种阅读理论"，对于研究文学的阅读说来，这种理论
可以为我们提供"一个难得的范例"。①

　　当列维-斯特劳斯说，他研究神话不是为证明人借
神话来思维，"倒是神话怎样借人来思维而不为人所
知"，我们显然可以意识到结构主义强调结构和系统的
决定性意义，而忽略人的主动性和作用。另一个著名的
结构主义者福柯更公然宣称："人不过是一种近代的发
明，是一个还不到两百年的形象，是我们认识上一个
简单的褶皱，而一旦认识找到新的形式，他就会立即消

---

① 卡勒，《结构主义诗学》，第51页。

失"。[1]他所谓两百年是从笛卡儿唯理主义哲学占统治地位的启蒙时代算起。笛卡儿认为，我思（cogito），即意识的主体，首先认识到自我主体的存在（ergo sum），从而认识到一切事物，赋予万物以意义。结构主义在系统规范的关系中界定意义，认为个别的意识主体并不一定能把握意义，于是在结构分析中，人作为思维主体就消失在结构的巨大阴影里。在对程序、规范和普遍性的关注中，结构主义者往往忽略事物的细节和特殊性。人消失了，生动的内容也消失了，一切都归结为程序的决定作用，这种简化倾向（reductionism）的确是结构主义的弊病。

全部结构主义都是从索绪尔语言学里萌发出来的。可是索绪尔的理论是建立在同一种语言的共时系统之上，而列维–斯特劳斯却把不同文化背景的神话纳入同一系统来研究，就像把英语、法语、德语、汉语糅在一起，寻找适用于不同语言的普遍语法。换言之，把语言学模式套用于人类学或文学等别的领域时，结构主义者

---

① 米歇尔·福柯（Michel Foucault），《言与物》（*Les Mots et les choses*），巴黎1966年版，第15页。

好像按一种语言的语法去讲别种语言的话，说出来总带着洋腔洋调，而且不一定都有意义。我们一开头提到几位老太太，她们局限于各自的语言而不理解其他语言的意义。结构主义者以另一种方式同样局限于一种语言，即用语言学的语言去理解和谈论其他符号系统的意义。在这点上，我们可以说，结构主义者和那几位老太太一样，终究没有跳出语言的牢房。

7

诗的解剖

——结构主义诗论

认为自然和艺术的美都像活的有机体，一经冷静的理性剖析，便遭破坏而了无生气，这是浪漫主义时代十分普遍的观念。华兹华斯有几行诗便是这种观念的体现：

Sweet is the lore which Nature brings;

Our meddling intellect

Misshapes the beauteous forms of things——

We murder to dissect.

大自然给人的知识何等清新；

我们混乱的理性

却扭曲事物优美的原形——

剖析无异于杀害生命。①

照此看来，对自然和艺术只能有直觉的感受，不能有理性的分析，这就等于从根本上取消了批评。然而批评总是存在的，它几乎和艺术同样古老。于是在文学批评中，这种有机论变成另一个意思，即像新批评派那样，把一首诗看成一个完整自足的独立实体，它的各个成分"不是像一束花那样并在一起，而是像一株活的植物，花和其他部分互相关联"。②这样，艺术和批评的矛盾消失了，只要批评家注意作品各个成分的"有机联系"，本文分析就不再影响作品的"生命"。正如我们说过的，文学的有机论是新批评派的一个基本观念。

结构主义者对新批评理论基础的动摇，正在于完全不把作品本文看成一个独立自足、有本体意义的客体。

---

① 华兹华斯（W. Wordsworth），《劝友诗》（*The Tables Turned*）。

② 布鲁克斯（Cleanth Brooks），《作为结构原则的反讽》（*Irony as a Princple of Structure*），见亚当斯（H. Adams）编《自柏拉图以来的批评理论》，第1042页。

他们强调文学系统对个别作品的决定作用，他们的分析着眼于超乎作品之上的系统结构，而不在作品本身。结构主义批评家反对有机论观念，他们真有点像解剖麻雀或青蛙那样，要看看在一首诗里，究竟是哪些带普遍意义的语言特性在起作用。

一、雅各布森的语言理论

诗借语言而存在，语言分析对诗的研究就十分重要，好比色彩分析之于绘画，旋律与和声的分析之于音乐一样。这是俄国形式主义者、布拉格学派和现代结构主义者共同的信念。把这三种思潮联系起来的一位重要人物，就是生于俄国的语言学家罗曼·雅各布森。作为一位形式主义者，雅各布森曾提出"文学性"概念，作为一位结构主义语言学家，他始终试图从语言功能上说明文学性，研究语言怎样成为诗的语言。

雅各布森在研究语言交际活动的背景上探讨诗的语言特点，发现诗性功能占主导时，语言不是指向外在现实环境，而是强调信息即诗的文字本身。和穆卡洛夫斯

基所谓语言的"突出"一样，诗性功能使语言最大限度
地偏离实用目的，把注意力引向它本身的形式因素如音
韵、词汇和句法等。雅各布森认为语句的构成总是有选
择（selection）与组合（combination）两轴。选择轴相
当于索绪尔的纵组合概念，即语句中出现的词是从许多
可以互换的对等词语中挑出来的，例如"僧敲月下门"
的"敲"字替换"推"字，又如杜甫《昼梦》"桃花气
暖眼自醉，春渚日落梦相牵"，"桃花"是从早春时节
的各种花中选择来写入诗里的，如梨花、杨花等，这些
词都是桃花的对等词语。组合轴相当于索绪尔的横组合
概念，即语句中出现的词前后邻接，互相连贯地组合在
一起。雅各布森认为诗的语言的基本特点，就是在前后
邻接的组合中出现对等词语，或如他所说，"诗性功能
把对等原则从选择轴引申到组合轴"；[①]而体现这种原
则最为丰富的材料，"应当在那种要求相连诗句必须形

---

① 雅各布森（Roman Jakobson），《语言学与诗学》，见塞比
尔克（T. A. Sebeok）编《语言文体论集》（*Style in Language*），
麻省理工学院出版社1960年版，第358页。

成对偶的诗中去寻找"。^①他自己举的例包括《圣经》里的诗篇、芬兰西部和俄国的口传民歌；其实这些诗不过是排比，相比之下，中国古典的律诗有更为严格的对仗，比雅各布森所举各例更能说明这个道理。律诗对仗要求一联中的两句在字数、平仄、句法和意义上都必须形成对偶，如上引一联中"桃花"与"春渚"、"气"与"日"、"暖"与"落"等都是对等词语。尤其有所谓"当句对"，如杜甫《曲江对酒》："桃花细逐杨花落，黄鸟时兼白鸟飞"，《闻官军收河南河北》："即从巴峡穿巫峡，便下襄阳向洛阳"等句，桃花、杨花、黄鸟、白鸟、巴峡、巫峡、襄阳、洛阳等，都是可以互换的对等词语，好像本来在纵向选择轴上展开的词，被强拉到横向组合轴上，使前后邻接的字呈现出音与义的整齐和类似，借用雅各布森的话来说，是"把类似性添加在邻接性之上"。^②钱锺书先生在《谈艺录》里说：

---

① 雅各布森，《隐喻和换喻的两极》（*The Metaphoric and Metonymic Poles*），见亚当斯编《自柏拉图以来的批评理论》，第1114页。

② 雅各布森，《语言学与诗学》，见前引《语言文体论集》，第370页。

"律诗之有对仗，乃撮合语言，配成眷属。愈能使不类为类，愈见诗人心手之妙。"①所谓"使不类为类"，正是"把类似性添加在邻接性之上"，因此诗的语言总是把音、义或语法功能上对等的词语依次展开，既灵活多变，形式上又极度规整，和日常实用语言相比，几乎成为另一种独特的语言。

雅各布森相信，语言分析可以揭示诗句组织的特点。于是在具体分析时，他往往寻找语法功能相同的词在诗中的平均分配，奇数诗节和偶数诗节表现出的对称等，由此见出诗句结构的格局。他与列维–斯特劳斯合作对波德莱尔（Baudelaire）十四行诗《猫》（*Les Chats*）的分析，就是实际应用这派理论的一个典型范例。他们主要以语法分析为基础，寻找诗中各部分间的对等关系。在这里我们不可能也没有必要详述他们那烦冗的分析。雅各布森在理论上尽管有独特贡献，他的批评实践却并不成功，正如米歇尔·里法代尔指出的，雅各布森和列维–斯特劳斯所说那些音位和语法范畴的对等关

---

① 钱锺书，《谈艺录》，第219页。参见同书第13、216–218页论"当句对"。

系，一般读者是觉察不到的，因此，"诗的语法分析至
多只能说明诗的语法"，而无助于说明"诗和读者的接
触"，也就无助于说明诗的效果。[①]作为语言学家，雅
各布森把语言分析本身看成诗的一种解释，但是，不考
虑读者怎样理解和组织诗中各个成分，就无法解释诗的
实际效果，无法说明语言特性怎样在诗里起作用。要建
立一套真正能说明诗的特点的理论，就必须考虑信息和
信息接受者即诗和读者之间的关系，这也正是结构主义
诗论后来发展的方向。

二、卡勒论诗的程序

乔纳森·卡勒的《结构主义诗学》是一部很有用的
参考著作，在这本书里他不仅综述结构主义文论的各方
面成果，而且提出自己的看法。他认为雅各布森的诗论

---

① 里法代尔（Michael Riffaterre），《描述诗的结构：分析波
德莱尔〈猫〉的两种方法》，见汤普金斯（Jane P. Tompkins）
编《读者反应批评》（*Reader–Response–Criticism*），巴尔的摩
1980年版，第36页。

仅以语言特性为基础，就必然失败，因为一段文字是否是诗，不一定取决于语言本身。从法国结构主义者耶奈特的著作里，他引了这样一个有趣的例：

Hier sur la Nationale sept	昨天在七号公路上
Une automobile	一辆汽车
Roulant à cent à l'heure s'est jetée	时速为一百公里时猛撞
Sur un platane	在一棵法国梧桐上
Ses quatre occupants ont été	车上四人全部
Tués.	死亡。[①]

这本是一段极平常的新闻报道，一旦分行书写，便产生不同效果，使读者期待着得到读诗的感受。如果说这算不得诗，那么请看下面这首：

This Is Just to Say	这便条只是说
I have eaten	我吃了

---

① 耶奈特（Gérard Genette），《形象论二集》（*Figures* Ⅱ），巴黎1969年版，第150–151页。

the plums	放在
that were in	冰箱里的
the icebox	梅子
and which	它们
you were probably	大概是你
saving	留着
for breakfast	早餐吃的
Forgive me	请原谅
they were delicious	它们太可口了
so sweet	那么甜
and so cold	又那么凉

这是美国诗人威廉斯（William Carlos Willams）一首颇为著名的诗，它和一张普通便条的重要区别，不也在那分行书写的形式吗？这当然是近于极端的例子，然而将散文语言稍加变化以成诗句，在中国古代也不乏先例。韩愈以文为诗，辛弃疾以文为词，皆不为病，如辛词《沁园春》"杯，汝来前"一首，就是有名的例子；再如《哨遍》："有客问洪河，百川灌雨，泾流不辨涯涘。

于是焉河伯欣然喜，以为天下之美尽在己。渺沧溟，望洋东视，逡巡向若惊叹，喟："我非逢子，大方达观之家，未免长见悠然笑耳！'"这词全用庄子《秋水》首段文意，用语也和庄子原文接近。这类例子说明，诗之为诗并不一定由语言特性决定，散文语句也可以入诗，而一首诗之所以为诗，在于读者把它当成诗来读，即耶奈特所谓"阅读态度"（attitude de lecture）。换言之，语言的规整和独特还不足以概括全部诗的情况，读者读诗时自然会取一定态度，作出一定的假设，这些程序化的期待（conventional expectations）才使人把诗当成诗，把诗的语言区别于日常实用的语言。①

卡勒讨论读诗时的程序，第一是诗的非个人性（impersonality）：由于诗不是实际的言语行动，诗里的地点、时间、人称都并不指向现实环境，而只是使读者能据以想象出诗的虚构环境，所以即便是抒个人之情的诗，也并不纯是记载一个传记性的事实，读者也总是能从中见出普遍性的情趣。第二是诗的整体性

① 卡勒（Jonathan Culler），《结构主义诗学》（*Structuralist Poetica*），伦敦1975年版，第164页。

（totality）：日常的言语行动不一定是完整的，但诗却是自足的整体，理解诗也总是力求把诗中各部分连贯成一整体，使其中各成分能互相阐发。与此相关的第三个程序是诗必有意义（significance）：我们读诗，总假定它包含着大于字面的意义，所谓读懂一首诗，就是找出它的言外之意。例如前面引威廉斯那首短诗，我们一旦把它当作诗来读，就不把它看成一张实用的便条，而寻找它作为诗可能包含的深一层意义。按卡勒的解释，吃梅子是一种"直接的感官经验"，这种合乎自然要求的享受却违背了"社会礼俗"，两者之间形成对立，而用便条形式写成的这首诗则是一种"调解力量"，它一方面请求原谅，承认礼俗的重要，另一方面又通过最后几行肯定了感官享受的权利，认为在人与人（即诗中的"你"与"我"）之间的关系里，应当为这类感官经验留出一定余地。[①] 卡勒还谈到另一个程序，尤其适用于词意晦涩或极简短的诗，那就是这类诗的意义往往在于反映或探讨诗本身的问题。法国诗人阿波利奈尔

① 卡勒，《结构主义诗学》，第175页。

（Apollinaire）只有一行的小诗《歌手》（*Chantre*）便
是一例：

Et l'unique cordeau des trompettes marines.
水上号角的唯一一根弦。

据卡勒说，歌手即是诗人，而这一行诗当是讲诗本身。
这行诗前后两个名词词组组成二项对立，而且都有双
关意义：cordeau（弦）暗指cord'eau（水的号角），
trompettes marines既是"水上号角"，又有"木制乐器"
的含义，因此这两个词组是对等的，而利用语言的双
关、多义和对等原则，正是诗的特点。于是卡勒做出如
下解释："这首诗只有一行，因为水上号角只有唯一一
根弦，但语言基本的含混却使诗人得以用诗的一根弦奏
出音乐来。"[1]这一解释正是根据上面所讲的程序作出
来的：这诗虽只一行，却完整而有意义，它的含义恰是
描述诗本身的性质。解释这首诗，就应当找出其中的二

———————
[1]　卡勒，《结构主义诗学》，第177页。

项对立或对等关系，圆满解释其双关语和多义语，把诗中各项看成比喻和象征，隐含着言外之意。各种修辞手法是帮助我们解释文学作品的工具，因为把作品中的词句都看成象征形式，就可以把它们和超出字面之外的意义联系起来，做出合理的解释。与此同时，卡勒又强调说："理解诗并不仅仅是一个变无意义为有意义的过程。"[①]结构主义者并不仅仅以合理解释诗中违背普通语言逻辑的种种难解之处为目的，却认为诗是词语的解放，使词语得以摆脱实用目的的羁绊而"闪烁出无限自由的光辉，随时向四面散射而指向一千种灵活而可能的联系。"[②]由此看来，结构主义者在剖析诗的同时，还希望保持诗的完整性与灵活性，欣赏它文字游戏的性质。

三、总结与批评

结构主义者注重文学系统的"语言"，不那么注

---

① 卡勒，《结构主义诗学》，第182页。

② 罗兰·巴尔特（Roland Barthes），《写作的零度》（*Le Degré zéro de l'écriture*），巴黎1972年版，第37页。

重个别作品的"言语"，注重语言普遍性的功能，不那么注重其特殊性的表现，然而诗作为语言艺术的特殊形式，重要的正在于具体字句的组织安排。中国古诗有所谓"诗眼"，讲究"炼字"，因为诗格高低往往就在一字一句间见分晓。陶潜的"采菊东篱下，悠然见南山"，若改"见"为"望"字，全诗的意味就被破坏了。《诗林广记》引《蔡宽夫诗话》说："'采菊东篱下，悠然见南山。'此其闲远自得之意，直若超然邈出宇宙之外。俗本多以'见'为'望'字，若尔，则便有褰裳濡足之态矣。乃知一字之误，害理有如此者。"又引《鸡肋集》记载苏东坡的解释："陶渊明意不在诗，诗以寄其意耳。'采菊东篱下，悠然望南山。'则既采菊，又望山，意尽于此，无余蕴矣，非渊明意也。'采菊东篱下，悠然见南山。'则本自采菊，无意望山，适举首而见之，悠然忘情，趣闲而意远。此未可于文字精粗间求之。"这说明诗人用的字与他要表现的情趣意味密切相关，在一定的语境里只能有一定适当的字，即法国人所谓le mot juste（确切的字），不能随意改动。分析诗若不考虑字句的细节，只从普遍性的大处着眼，就很难做到细致深入。正像卡勒自己承认的，"结构主义者很难论述具体的诗作，至多不过说，它们可以作例子来证明诗背离普通语言功能的各种方式。"[①]把握住宏观的框架，却不能深察微观的细节，避免了琐碎，却又失之粗疏，这正是结构主义文论的根本缺陷。比较起散文小说来，诗的字句尤其有不可移转更动的独特性，所以整个说来，结构主义在诗论方面不如在小说理论方面成就突出，也就是意料之中的事了。

雅各布森和卡勒固然都是结构主义者，从我们简略的介绍也可以看出，他们的理论却很不相同：雅各布森强调语言特性，卡勒则注重阅读过程中的程序和假定。我们可以说，雅各布森的理论以作品语言为重心，明显带着形式主义的印记，而卡勒的理论力求考虑到读者与作品的关系，借用他自己提到的一个术语来说，接近于一种"阅读的现象学"。[②]例如在诗的语言问题上，雅各布森着重偏离日常语言的诗性功能，认为诗的语言是极度规整化的、反常出奇的语言，而卡勒则举出

---

① 卡勒，《结构主义诗学》，第183页。
② 同上，第184页。

以文为诗的例子，证明无论怎样的语言，只要以一定格式写出来，使读者把它当成诗来读，就具有诗的性质。卡勒的程序说当然有一定道理，我们在讨论什克洛夫斯基的"陌生化"概念时，已经阐明以俗语入诗、以文为诗在文学史上是经常出现的事实。但是，我们不能不承认，以文为诗能够产生"陌生化"的新奇效果，正由于大部分诗的语言不同于散文的语言，以文为诗成为少数例外，所以显得突出而新奇。然而有例外恰好证明有公例。雅各布森认为诗的语言尽量偏离日常语言的实用目的，和穆卡洛夫斯基所谓语言的"突出"一样，是把言语行动即信息本身提到首位，在形式上和一般散文语言大不相同，这种看法对于绝大部分诗是完全适用的。诗受到音韵格律的限制，在文法上就不能不放宽，所以古今中外的诗人都享有所谓"诗的破格的特权"（poetic licence）。例如杜甫《秋兴八首》之八有"香稻啄余鹦鹉粒，碧梧栖老凤凰枝"一联，按通常语言应是"鹦鹉啄余之香稻粒，凤凰栖老之碧梧枝"，这种倒装在散文里讲不通，是不允许的，在诗里却成为名句。《诗人玉屑》卷六记载王仲题试馆绝句，有"日斜奏罢长杨赋，闲拂尘埃看画墙"句，王安石很赞赏，替他改成"日斜奏赋长杨罢"，而且说："诗家语，如此乃健。"这说明中国古人把"诗家语"和常语相区别，按常语讲不通的，在诗里却是健语妙语。"诗家语"和常语的差别正合于雅各布森、穆卡洛夫斯基等人的理论。钱锺书先生在《谈艺录》补订稿中将清代李玉洲的一段话与西方的论述相比较，这一点讲得更清楚：

> 捷克形式主义论师谓"诗歌语言"必有突出处，不惜乖违习用"标准语言"之文法词律，刻意破常示异（foregounding, the intentional violation of the norm of the standard, distortion）；故科以"标准语言"之惯规，"诗歌语言"每不通不顺（Jan Mukařovský: "Standard Language and Poetic Language", in Donald C. Freeman, ed., *Linguistics and Literary Style*，1970，40ff）。实则瓦勒利反复申说诗歌乃"反常之语言"，于"语言中自成语言"（C'est bien le non-usage, c'est un langage dans un langage–*Variété*, in *Oeuvres*, Bib. de la Pléiade, I, 1293, 1324）。西班牙

一论师自言开径独行（totalmente independiente），亦晓会诗歌为"常规语言"之变易（la poesía como modificación de la lengua o norma），诗歌之字妥句适（la única expressión propia）即"常规语言"中之不妥不适（la "lengua" la expressión impropia）（详见 Carlos Bousoño, *Teoría de la expressión poética*, 1952，6a ed., 1976, I, 13-6, 113-5）。当世谈艺，多奉斯说。余观李氏《贞一斋诗说》中一则云："诗求文理能通者，为初学言之也。论山水奇妙曰：'径路绝而风云通。'径路绝，人之所不能通也，如是而风云又通，其为通也至矣。古文亦必如此，何况于诗。"意谓在常语为"文理"欠"通"或"不妥不适"者，在诗文则为"奇妙"而"通"或"妥适"之至；"径路"与"风云"，犹夫"背衬"（background）与"突出处"也。已具先觉矣。①

诗歌语言千变万化，在一个极端是乖离常语的"诗

---

① 钱锺书，《谈艺录》补订本，第532页。

家语"，在另一个极端又是接近常语的散文句式作品，两极端之间的诗作在与常语的离合上，则像一条光谱那样，呈现出各种不同程度的变化。因此，应当考虑到这两个极端的二项对立，使雅各布森和卡勒所论互为补充而得出较为完备的理论。

卡勒所列诗的几个程序，首先是非个人性，不仅使诗脱离作者的个人身世，也使之脱离作者的历史环境，所以他所说诗的整体性仍然是作品本文封闭式的整体性，诗的意义虽然超出作品字面，但并不能在社会历史的背景中找出它的线索。在这一点上，结构主义似乎是放大了的新批评形式主义，尽管它否定单部作品的封闭性，却又把文学总体看成一个封闭系统。文学研究完全成为历史和作者生平的研究固然不可取，完全不考虑作家个人及其时代环境对作品的影响，也会失去一个相当重要的领域而流于片面和单薄。诗，包括抒情诗，固然不是纯个人的，但在我们看来，承认诗的非个人性意味着承认它包含着普遍性的内容。一首诗如果纯粹是个人的，就不可能使读者产生共鸣，也就不可能有艺术感染力，甚至不成其为诗。但承认非个人性不必否定诗包含的普遍性内容须透过非常独特的、具有作者个性特点的形象和语言呈现出来。文学作品不同的风格显然带着时代风尚和作者个性的鲜明印记，离开历史和作家生平的研究，风格特点便难以阐明。因此，非个人性与个性，或者说普遍性与特殊性，作品与作者及其历史环境，在文学研究中是又一种二项对立，只有考虑到这种对立，理解它们之间相反相成的辩证关系，才能建立起真正较为完备的文学理论。

8

故事下面的故事

——论结构主义叙事学

美国诗人罗伯特·弗罗斯特（Robert Frost）把诗定义为"在翻译中失掉的东西"，就是强调诗的语言有不可改易一字的独特性。这种看法相当普遍，所以西方有一句广为流传的意大利谚语：traduttore，tradittore（翻译者即反逆者）。相对而言，散文语言还不致如此严格，尤其是叙事性的神话、童话、民间传说等，改动一两个字甚至变更叙述方式，所讲的故事不一定就变得面目全非。列维-斯特劳斯把诗和神话看成语言的两个极端："神话是语言中'翻译者即反逆者'这个公式最不能适用的部分。……诗是不可翻译的语言，一经翻译，便难免严重歪曲；而神话的神话性价值即便经过最坏的翻译仍可保存。"究其原因，则是由于"神话的实质不在文体，不在独特的音韵，而在它讲述的故事。"①同一个神话故事可以有不同变体，甚至可以用不同的形式来表现，如戏剧、芭蕾舞、电影等，只要是同一个神话的内容，它们就讲述着同一个故事，这故事当然也可以经过翻译而在不同语言里存在。在列维-斯特劳斯看来，神话总是许多变体同时并存，是"一束关系"，②而在所有变体下面则是神话的基本结构，即神话的故事。熟悉结构主义语言学那套术语的人立即可以看出，神话的具体叙述和它的基本故事之间正是"言语"和"语言"、表层结构和深层结构之间的关系。结构主义者既然注重普遍系统的"语言"和深层结构，在叙事文学的研究中，他们便追寻那深层的基本故事。他们在研究中不仅仅"看"，而且努力"看穿"，即透过具体作品的表述看出那故事下面的故事来。

---

① 列维-斯特劳斯（Claude Lévi-Strauss），《结构人类学》（*Structural Anthropology*），伦敦1972年英译本，第210页。
② 同上，第211页。

一、童话的概括

尽管亚里士多德在《诗学》里就分析过包括人物、情节在内的构成艺术模仿的各个成分，但他的《诗学》谈的主要是悲剧和史诗，历来的文论也主要以诗和戏剧为分析对象。结构主义虽非最先研究小说者，但以叙事文学作为主要对象无疑是结构主义文论的特点。叙事文学包括从简单的民间故事直到复杂的现代小说等范围广泛的文学体裁和作品，又有人物、环境、行动等共同的结构因素，且在语言形式上不像诗那样独特，所以自然成为结构主义者最感兴趣的研究领域。

正像捷克和法国的结构主义受到俄国形式主义的影响一样，结构主义"叙事学"（narratology）也是从20年代一位俄国学者弗拉基米尔·普洛普那里得到启发。普洛普并不是直接属于俄国形式主义那个圈子里的人物，但他的《童话形态学》同样是20年代俄国文评里最有影响的著作。他不满意维谢洛夫斯基等19世纪研究者把童话按人物和主题分类的方法，认为这种方法不够系统严密。例如"龙劫走了国王的女儿"这个主题，普洛普认为并不成为单独一类，因为龙可以换成巫婆、巨人或别的任何邪恶者，国王可以换成父亲或任何所有者，女儿可以换成任何可爱而娇弱的角色，劫夺可以换成使之失踪的任何别的行动方式。这样看来，"龙劫走了国王的女儿"就是几个角色和一定行动构成的一个情节单位。普洛普研究了一百个俄罗斯童话，发现童话里"常常把同一行动分配给各种不同的人物"，[①]许多不同的人物实际上是重复同样的行动，所以人物虽然千变万化，他们在童话里的活动和作用却很有限。普洛普把"从对情节发展的意义看来的人物的行动"称为"功能"，[②]以此为出发点，就可以对各种各样的童话有效地进行归纳和概括。研究的结果得出四条原则：

1. 人物的功能是故事中恒定不变的因素，不管这些功能是怎样和由谁来完成。它们是构成故事的基

① 普洛普（V. I. Propp），《童话形态学》（*Morphology of the Folktale*），司科特（L. Scott）英译，得克萨斯大学出版社1968年第2版，第20页。
② 同上，第21页。

本成分。

　　2.童话中已知功能的数量是有限的。

　　3.功能的排列顺序总是一样的。

　　4.所有童话就结构而言都属于同一类型。

普洛普总结出的功能一共有三十一种，他逐一比较各个童话，发现每个童话总是包含这三十一种功能中的某一些，而且其排列顺序总是相同。这三十一种功能包括了童话里所有的典型情节，如主人公出发探险、与妖魔搏斗、取得胜利、最后赢得幸福等。普洛普还把完成这些功能的情节归纳为七个"行动范围"，相应的角色则有：

　　1.反面人物

　　2.为主人公提供某件东西者

　　3.帮助者

　　4.公主（被追求的人）及其父亲

　　5.派主人公外出历险者

　　6.主人公

　　7.假主人公

这些角色在童话中可以由各种人物担任，有时同一个人物可担任几个角色，也有时几个人物共同担任同一种角色。童话人物的功能和行动范围都有固定的数目，这实际上就在所有童话下面找出了一个由角色和功能构成的基本故事，现存的一切童话都不过是这基本故事的变体或显现。普洛普的理论超出表面的经验范畴，着眼于情节与功能、人物与角色之间的关系，对于理解所有叙事文学的本质都很有帮助。就像语言学家从复杂多变的词句中总结出一套语法规则一样，普洛普也是从一种文学体裁的各个具体作品中抽象出一套基本规则。这套规则有助于把变化多端的文学现象简化为容易把握的基本结构，因此像列维-斯特劳斯的神话分析一样，在结构主义叙事学的发展中具有重要意义。

二、神话的破译

普洛普以单个童话为分析单位，寻找故事的基本形式，列维-斯特劳斯的分析单位却是一组神话的基本故事，他要寻找的不是一个艺术形式，而是一个逻辑形式，也就是原始神话隐含的意义。罗兰·巴尔特在60年代初的一篇文章里曾经写道："寻找意义的人（*Homo significans*）：这可能就是结构研究所体现的新人。"[1] 在这一点上，列维-斯特劳斯的神话分析正可以代表结构主义的一个重要方面。

列维-斯特劳斯把神话比成交响乐的总谱，因为像交响乐一样，神话不是在一条单线上展开，而是同时有许多变体并存。他认为要打破神话线性发展的情节，才能破译它的密码，明白其隐含的意义。他释读俄狄浦斯神话，已经成为一个经典例子。[2] 他举例说，如果有这样一串数字：1，2，4，7，8，2，3，4，6，8，1，4，5，7，8，1，2，5，7，3，4，5，6，8，……，这本来难以找出其中规律，但若把所有的1，2，3等分列出来，就可得出这样一个表：

---

[1] 罗兰·巴尔特（Roland Barthes），《结构主义的活动》（*L'activite structuraliste*），见《批评文集》（*Essais critiques*），巴黎1964年版，第218页。

[2] 见列维-斯特劳斯，《结构人类学》，第213–214页。

```
1 2   4     7 8
  2 3 4   6   8
1     4 5   7 8
1 2     5   7
    3 4 5 6   8
```

他用同样的办法来对待俄狄浦斯神话。这神话的情节本
来是线性发展的：卡德莫斯寻找其妹欧罗巴；后来杀死
巨龙，将龙牙种在地上；从那里冒出龙种武士向他进
攻，他掷一宝石在他们之间，龙种武士为争夺宝石而自
相残杀，最后只剩五位，帮他建立起底比斯城；后来俄
狄浦斯杀父娶母，成为底比斯王；如此等。但列维-斯特
劳斯认为，情节掩盖了神话的逻辑意义，要理解它的意
义，就要打破情节线索，把神话情节像上面那串数字一
样重新安排成这样：

卡德莫斯寻找

其妹、被宙斯

所劫的欧罗巴

卡德莫斯

杀龙

龙种武士们　　　　　　拉布达科斯（拉伊俄

自相残杀　　　　　　　斯之父）＝瘸子（？）

俄狄浦斯杀　　　　　　拉伊俄斯（俄狄浦斯

其父拉伊俄斯　　　　　之父＝左腿有病的(？)

　　　　俄狄浦斯　俄狄浦斯＝脚肿的

　　　　杀斯芬克斯　（？）

俄狄浦斯娶其

母约卡斯塔

　　　　艾提欧克勒斯

　　　　杀其兄玻利尼

　　　　昔斯

安提戈涅违抗

禁令葬其兄玻

利尼昔斯

此表从左到右分为四栏，第一栏的特点是兄妹或母子的
关系过分亲密，第二栏是杀父杀兄，两者恰好形成相反

的二项对立。第三栏是人战胜从大地里长出来的妖魔，第四栏几个人名都表示人无力正常行走，与第三栏人有力量也形成二项对立。那么这神话的逻辑意义是什么呢？列维-斯特劳斯认为，希腊古人相信人类像植物那样，是从泥土里长出来的，但又知道事实上每个人都由男女的交媾而生，这是一个矛盾；而俄狄浦斯神话把由一个（即泥土）还是由两个（男与女）生出来这个问题，和另一个问题相关联：由同一还是由不同的亲缘关系生出来？按列维-斯特劳斯的意思，第一栏的乱伦暗示人由同一亲缘关系出生，第二栏亲人自相残杀暗示与第一栏截然相反的关系。第三栏人杀死妖魔暗示人不是由泥土而生，第四栏人无力行走又暗示人摆脱不了由泥土而生的状态。这就是说，互相矛盾的对立面在神话里共同存在，并行不悖，矛盾也就得到了调和；对于古代人类，俄狄浦斯神话也就成为具体思维的"逻辑工具"，起调和和解决矛盾的作用。[①]所以，列维-斯特劳斯说："神话思维总是从意识到对立走向对立的解决。"[②]

---

① 见列维-斯特劳斯，《结构人类学》，英译本，第216页。
② 见列维-斯特劳斯，《结构人类学》，英译本，第224页。

在这里，列维-斯特劳斯并不仅仅是对一个具体神话故事做出解释，因为人由泥土还是由男女婚配而生，正如生食还是熟食那样，归根结底象征着自然与文明的对立。我们或者可以说列维-斯特劳斯是以二项的方式思考，在俄狄浦斯神话中去寻找自然与文明对立的体现。正因为如此，他这灵巧而新颖的解释显得非常任意而武断。这首先表现在神话情节的选择取舍上：俄狄浦斯神话里有一些重要情节被列维-斯特劳斯丢掉了，而他选择的只是比较合乎二项对立框架的那些情节。其次表现在神话情节的归类上：把卡德莫斯寻找被宙斯劫走的妹妹、安提戈涅掩埋尸曝于野的哥哥与俄狄浦斯娶母为妻归成一类，实在十分牵强。尽管列维-斯特劳斯没有明说这一栏的共同点是乱伦，而用了一个笨拙的术语叫"亲族关系的过高估价"（rapports de parenté sur-estimés），但乱伦主题显然是这神话中重要的因素，也和他所说人由同一亲缘关系出生密切相关。这样，列维-斯特劳斯如果承认这一栏的共同点是乱伦主题，卡德莫斯和安提戈涅的故事归入此栏就很牵强，如果他不承认乱伦主题，那就根本忽略了俄狄浦斯神话中一个重要因素而无力做

出满意的解释。最后一点，即列维-斯特劳斯的解释是否
大大加深了我们对神话逻辑意义的理解，也很可怀疑：
这里揭示出的毋宁说是预先设立的一个逻辑结构。然而
尽管有这些缺陷，列维-斯特劳斯的神话分析却对结构主
义叙事学发生了不小的影响，为打破情节的线性发展、
寻找隐藏在情节下面的逻辑结构提供了一个范例。

三、叙述的语法

在列维-斯特劳斯和尤其是普洛普的基础上，结构
主义者把寻找基本的叙述结构作为目标，探讨所谓"小
说诗学"。普洛普童话中总结出的功能无论得到支持还
是受到批驳，都往往成为后来者的出发点，如格莱麦和
托多洛夫等，他们的著作代表着结构主义叙事学的重要
发展。

格莱麦把人定义为"说话的动物"（*homo
loquens*），认为语言结构必然决定一切叙述结构，最
终构成所谓"情节的语法"，而这种语法的根本规律就
是思维和语言中普遍存在的二项对立关系。基于这一认

识，他把普洛普提出的童话角色的七种活动范围进一步简化成三组对立关系，即主体对客体、发送者对接受者、援助者对敌手，并认为故事中任何人物总不外乎是这些"行为者"（actants）中的一种或兼有某几种的功能。①他批评普洛普的三十一种功能仍不够简要概括，离具体情节仍嫌太近。例如其中第二和第三种功能是主人公得到禁令和他违背禁令，在二项对立中，它们实在是同一关系的两项：违背只是禁令的反面。于是格莱麦把各种功能归纳起来，提出三类"叙述组合"，即"契约性组合"（叙述命令和接受命令、禁令和违背禁令等）、"完成性组合"（叙述历险、争斗、完成某项任务等）以及"分离性组合"（叙述来去，离别等）。②这些组合关系把"行为者"的活动组合成情节，使文学作品的故事像语句那样成为一种可以分析的语义结构。

在探讨"叙述的语法"方面，茨维坦·托多洛夫取

---

① 见格莱麦（A. J. Greimas），《结构语义学》（*Sémantique structurale*），巴黎1966年版，第175–180页。

② 见格莱麦，《论意义》（*Du Sens*），巴黎1970年版，第191页及以下各页。

得的成就大概最为突出。他曾据列维-斯特劳斯释读俄狄浦斯神话的范例，认为分析故事应把情节按照类似性结构（homological structure）分为四栏。但他后来认识到，这种做法完全忽略故事横向组合的线性发展，在情节的取舍和描述上都难免有过分武断的危险。在《〈十日谈〉的语法》一书中，他就在注重语句排列的基础上，探讨基本的叙述结构。

托多洛夫首先分辨出叙述的三个层次，即语义、句法和词语，如果说格莱麦主要在语义层次上进行分析，那么托多洛夫则主要注意句法。他分析《十日谈》，就先把每个故事简化成纯粹的句法结构，然后再做分析。他得出的两个基本单位是命题（proposition）和序列（sequence），即句和段。命题是最基本的叙述单位，如"X与Y寻欢作乐""X决定离开家""X来到Y家里"等。序列则由可构成一个独立完整故事的一连串命题组成。一个故事至少有一个序列，但往往包含多个序列。例如《十日谈》的一个故事，佩罗涅娜正在偷情，忽听见丈夫回家来，便把情人藏进一只大桶里。她骗丈夫说有人要买这只桶，正在察看，丈夫信以为真，便去打扫这桶，她和情人却趁机继续调情。托多洛夫把这故事转变成这样一串命题："X犯了过错，按社会习俗的要求，Y应当惩罚X；但X想逃避惩罚，于是采取行动改变情境，结果Y相信她无罪而未惩罚她，尽管她继续原来的行为"。①由此可以看出，命题主要由专有名词（X、Y等）和动词构成。托多洛夫认为，"如果我们明白人物就是一个专有名词，行为就是一个动词，我们就能更好地理解叙事文学"。②他完全按语法分析的模式，把人物都看成名词，其属性都是形容词，所有行为都是动词；形容词又分表状态、性质、身份等三类，所有动词则可最后归结为"改变情境""犯过错"和"惩罚"等三个。关于《十日谈》的语法，托多洛夫还做出许多细致的分析和描述，大致说来，他也像格莱麦那样，把整个作品看成一种放大了的句子结构。

托多洛夫在体裁理论方面也很有成就，他的《论幻想作品》就是这方面一部重要著作。正像克劳迪奥·纪

---

① 托多洛夫（Tzvetan Todorov），《〈十日谈〉的语法》（*La Grammaire du Décaméron*），海牙1969年版，第63页。

② 同上，第84页。

廉所说，文学史总是明显表现出"向系统即结构化方向
发展的趋势"；[①]在文学发展中一种体裁与整个文学系
统的关系，自然成为结构主义者很感兴趣的一个问题。
纪廉自己关于流浪汉小说（the picaresque）的分析，归
纳出八个基本特点：1. 流浪汉是个孤儿，一个与社会几
乎无关的人，一个不幸的游子，成年却未脱稚气。2. 小
说是假的自传体，由流浪汉自己叙述。3. 叙述者的观点
片面而带偏见。4. 叙述者对一切都学习和观察，并拿社
会来做试验。5. 强调生存的物质方面，如描绘饮食、
饥饿、钱财等。6. 流浪汉要观察到各种情形的生活。
7. 流浪汉在横向上要走过许多地方，纵向上要在社会中
经历变化。8. 各段情节松散地串在一起，互相连接而不
紧密相扣。这些特点加在一起，可以说就是自《小癞
子》（1553）以来，一切流浪汉小说的基本"语法"，
因为在纪廉看来，体裁是一套"意识符号，实际从事写
作的人在著作中总要服从这套符号规定"。[②]托多洛夫

---

① 克劳迪奥·纪廉（Claudio Guillén），《作为系统的文学》
（*Literature as System*），普林斯顿1971年版，第376页。
② 克劳迪奥·纪廉，《作为系统的文学》，第390页。

则是在读者的体验中去寻找幻想作品的体裁特征。他认为读者给作品中叙述的怪异情节以合乎理性的解释，就是把它看成离奇作品（l'étrange），如果给它以超自然的解释，它就成为志怪作品（le merveilleux），只有在读者拿不准它究竟属于哪一类时，它才是幻想作品（le fantastique）。"因此，读者的犹疑是幻想作品的第一个条件"；"幻想作品不仅意味着要有在读者和故事主人公心里引起犹疑的离奇事件，而且意味着一种阅读方式"。[①]这样，文学体裁就不仅是作品的归类，而且是如卡勒所说，"读者与作品接触时引导读者的规范或期待"。[②]事实上，这也是作者写作时服从的规范。作者按现存体裁的规范去写作，读者也按这套规范去阅读，在阅读中随时期待着这种体裁应当提供的东西。正因为如此，文学体裁总是相对稳定的、程序化的、规范性的，也即结构性的范畴。然而真正的艺术又总带着独创

① 托多洛夫（Tzvetan Todorov），《论幻想作品》（*The Fantastic*），霍华德（R. Howard）英译，康奈尔大学出版社1975年版，第31、32页。
② 卡勒，《结构主义诗学》，第136页。

性，它不仅仅合乎规范，也往往改变现存规范。所以托多洛夫说："每部作品都修改可能存在的全部作品的总和，每个新范例都改变整个种类。我们可以说，艺术的语言每次说出来时的具体言语都不会全合语法。"①最后这句话很值得注意，因为结构主义的要义一直在于强调语言系统对于具体言语的决定作用，即普遍规范对个别作品的决定作用。承认每个新范例并不全合语法，就等于违反了这一基本要义。如果说在《〈十日谈〉的语法》中，托多洛夫完全在作品的句法结构里寻找叙述的基本特征，那么在《论幻想作品》中，体裁的特征已经不仅仅在作品本身，而是在阅读当中去寻找。从注重文学的语法走向注重文学的阅读，在读者的活动而不在语言结构本身去寻求理论基础，这意味着从正统的结构主义走向一个新的阶段，走向结构主义的超越即所谓后结构主义。

---

① 　托多洛夫，《论幻想作品》，英译本，第6页。

四、总结与批评

自普洛普对童话功能进行概括以来，我们看到结构主义叙事学一直在把各种形式的叙事作品不断加以简化、归纳和概括，追寻最基本的叙述结构，发现隐藏在一切故事下面那个基本的故事。列维-斯特劳斯认为神话分析的目的是达到人类思维的"无意识基础"，托多洛夫宣称研究文学的语法是为了最终认识那决定世界结构本身的"普遍的语法"。结构主义者把复杂而范围广阔的文化现象概括成容易把握的基本原则和规范，确实使我们更明确地意识到这些现象之间隐含的共性和普遍联系，同时为理解个别现象提供一个可以参照的思考框架。索绪尔共时语言学对现代语言理论的贡献和影响就是一例，结构主义者对文学体裁的分析和描述，也的确使我们更好地认识到文学的系统性和连续性。正是由于这种高度的概括性和系统性，对于在五花八门的现代文化现象面前感到困惑的西方，对于开始厌倦存在主义个体倾向的60年代的法国知识界，结构主义提供了另一种可能性，自然就显得极有吸引力。在文学研究中，结构主义超越修辞分析和作品诠释的形式主义，把文学理论和批评推向一个注重综合的阶段，就是必然的趋势。直到今天，在研究文学作品时注意它与其他作品的联系，注意采取多角度和比较的方法，寻求普遍性的结论，在一定意义上可以说都是结构主义留下的遗产。

与此同时，结构主义也带着它自身严重的局限，在一切故事下面去追寻一个基本的故事，就必然产生一系列问题。首先，这种按语言学模式总结出的叙述的语法，不可避免会忽略决定每部作品艺术价值的具体成分，不可能对作品做出审美的价值判断。这一点不能不大大影响结构主义叙事学在实践批评中的应用。其次，无论在语义、句法还是词语的层次上讨论，结构主义者都把作品的基本结构看成自足的系统，不考虑或很少考虑它与社会历史的关系，而叙事文学，尤其是小说，本身就是一种思想交际活动，即一种社会的活动。最后，也是最根本的一点，就是分别具体故事和基本故事、叙述和叙述的语法、表层结构和深层结构等，正像芭芭拉·史密斯所批评的，好像是寻求一种"柏拉图式的理念形式"，这种二元论似乎把一切具体叙述看成次级的存在，而在它们下面去寻求一个超验的存在，一个先于和高于一切故事的"柏拉图式的故事"。[①]事实上，即使先于作品存在着作品的素材，这些素材也并不就是作品，并不具有艺术品的审美价值。俄国形式主义者什克洛夫斯基区别故事（фабула）和情节（сюжет），实际上是讲素材须经过"陌生化"的变形才成为艺术作品。英国作家福斯特（E. M. Forster）在《小说面面观》中把故事（story）和情节（plot）相区别，也是讲按时序发生的事件在小说里成为艺术情节，是强调了事件之间的因果关系。但在托多洛夫那里，这两个概念变成"故事"（histoire）和"话语"（discours），却是假定一个先于叙述而存在的基本故事，这就带上了超验的色彩。这种追寻基本故事的努力使结构主义叙事学显然趋于简单化和抽象化，离文学的具体性越来越远，也就逐渐脱离文学中丰富的内容，使结构主义文论显得虚玄而枯燥，缺

---

① 芭芭拉·史密斯（Barbara H. Smith），《叙述理论与文学研究的领域》（*Narrative Theory and the Domain of Literary Studies*），参见1983年8月中美学者比较文学讨论会的论文打字稿，第6、22页。

乏生动的魅力。

结构主义在60年代的法国知识界，后来在欧美各国都产生很大影响，直到现在，结构主义的理论、方法和它取得的成就仍然在西方引起各种不同的反响。然而在西方文论的舞台上，时间就像一位技艺高超的魔术师，在他弹指一挥间，一个盛极一时的流派早已退场，另一个新的流派又随之兴起。80年代的西方文论已经不是结构主义所能执牛耳的了，"后结构主义"这个词的出现和流行就说明了这一点。但是，正如乔纳森·卡勒在一本著作里所说："为了发明'后结构主义'，就不得不先把结构主义缩小成一幅狭隘的漫画。标榜为'后结构主义'的许多东西，其实在结构主义著述中早已十分明显了"。①后结构主义并不是结构主义的全盘否定，而是在其基础上的发展。所有这些不同的主义和流派都各有特色，各有长处和缺陷，而对我们说来重要的是，它们的理论和方法，它们的探索和失误，都无疑可以帮助

————————

① 卡勒（Jonathan Culler），《巴尔特》（*Barthes*），冯丹纳现代名人丛书（Fontana Modern Masters），格拉斯哥1983年版，第78页。

我们意识到一些新的问题，了解国外文学研究中一些新的情况。仅此一端就足以引起我们的重视，对它们做认真的了解和严肃的思考。

9

结构的消失

——后结构主义的解构式批评

孟德斯鸠假一波斯人之口，讥讽巴黎妇女赶时髦的情形时说："我怎么可能为你准确描绘她们的衣着服饰呢？新的式样一出来，我所做的就像她们的裁缝所做的一样，全成废品；或许在你接到这封信之前，一切早就又变了样子。"[①]20世纪60年代以来，巴黎在批评理论方面时时更新的式样，用二百年前孟德斯鸠那句话来形容也许十分贴切。这个变动不居的特点最明显不过地体现在才华横溢的法国文论家罗兰·巴尔特身上。乔纳森·卡勒说："巴尔特是一位拓荒播种的思想家，但他

---

① 孟德斯鸠（Montesquieu），《波斯人书信集》（*Lettres Persanes*），第99札。

总是在这些种子发芽抽条的时候，又亲手将它们连根拔去。"①在60年代，巴尔特是引人注目的结构主义者，他自己承认"一直从事于一系列的结构分析，目的都是要明了一些非语言学意义上的'语言'"。②到60年代末结构主义成为文坛正宗的时候，巴尔特却又转到新的方向去。1970年他发表重要著作《S／Z》，劈头第一句就是对追寻基本结构的批判：

> 据说某些佛教徒凭着苦修，终于能在一粒蚕豆里见出一个国家。这正是早期的作品分析家想做的事：在单一的结构里……见出全世界的作品来。他们以为，我们应从每个故事里抽出它的模型，然后从这些模型得出一个宏大的叙述结构，我们（为了验证）再把这个结构应用于任何故事：这真是个令人殚精竭虑的任务……而且最终会叫人生厌，因为作品会因此显不出

---

① 卡勒，《巴尔特》，格拉斯哥1983年版，第12页。
② 罗兰·巴尔特（Roland Barthes），《今日的文学》，见《批评文集》（*Essais critiques*），巴黎1964年版，第155页。

任何差别。[①]

对于结构主义叙事学的简化倾向，这无疑是十分中肯的批评。结构主义者把语言学模式应用于文学研究，认为系统结构是单部作品意义的根据或来源，后结构主义者则反对这一观点，对文学作品、本文、意义等重要概念，都提出十分激进的反传统的看法。

一、逻各斯中心主义的批判

如果说索绪尔是结构主义之父，那么雅克·德里达无疑是后结构主义最重要的思想家，他的理论也正是在对索绪尔、列维–斯特劳斯等结构主义代表人物的批判中建立起来的。结构主义以语言学为模式，德里达的批判也主要围绕语言文字问题，并由此引向对西方哲学传统中"逻各斯中心主义"（logocentrism）的攻击。

"逻各斯"（Logos）在古希腊哲学中既表示"思

---

① 　罗兰·巴尔特，《S／Z》，巴黎1970年版，第9页。

想"（Denken），又表示"说话"（Sprechen）；在基督教神学中，它表示上帝说的话，而上帝的话也就是上帝的"道"（Wort）。^①换言之，在逻各斯这个术语里，思维与口头言语、道理的"道"与开口说到的"道"合而为一，活的声音可以直接表达明确的意义甚至神的真谛；与此同时，书写的文字则只是人为的外加表记，且往往词不达意，导致各种误会。柏拉图在《斐德若篇》里指责书写的文字只是一种有严重缺陷的外在符号；自柏拉图以来，许多哲学家都责难语言的局限性，尤其认为书写文字是不可靠的传达媒介，只有脱口而出的话才像透明的玻璃，让人清楚看到原来的意思。这种逻各斯中心主义认定在语言表达之前先有明确的内在意义，语言文字只是外在形式：意义好像灵魂，语言像粗俗的肉体，或者意义像存在的肉体，语言只是它的服饰。亚里士多德说："口说的话是内心经验的表征，书写的话则

---

① 见里特尔（J. Ritter）与格隆德尔（K. Grunder）合编《历史的哲学辞典》（*Historisches Worterbuch der Philosophie*）第5卷，巴塞尔与斯图加特1980年版，见"逻各斯"条。

是口说的话的表征。"①索绪尔在《普通语言学教程》里也说："语言和文字是不同的两种符号系统；第二种存在的理由只在于代表第一种。"②列维–斯特劳斯像卢梭那样，认为文字的发明使人失去原始时代人与人之间真切自然的关系，"文字固然给人类带来极大好处，但也确实使人丧失了某种根本的东西"。③把文字看成人为的、外在的、可有可无的工具，口头言语才是自然的、内在的本来实质，这种看法和卢梭关于自然与文明的看法很接近，即接近于"返回自然"那种浪漫主义的观念。在语言问题上，卢梭恰好也是一个逻各斯中心主义者，认为"人类最初的语言……最普遍、最有力的唯

① 亚里士多德（Aristotle），《论阐释》I.1643，见《范畴论与论阐释》（*Categories and De Interpretatione*），阿克利尔（J. L. Ackrill）英译，牛津1963年版，第43页。
② 索绪尔（F. de Saussure），《普通语言学教程》（*Cours de linguistique générale*），巴黎1949年第4版，第45页。
③ 列维–斯特劳斯（Claude Lévi-Strauss），《结构人类学》（*Structural Anthropology*），伦敦1972年英译本，第366页。

一的语言，就是自然的呼声。"①

在语言问题上，结构主义者显然还囿于逻各斯中心主义的传统。这种传统重声音而轻文字，以为"声音与存在、声音与存在的意义以及声音与意义的理想性绝对近似。"②说得通俗些，就是凡我想到的都能立即用口说出来；用索绪尔的术语来说，凡我想到的概念即所指，都有一个有声意象即能指与之相应，能指与所指完全吻合，两者合起来就成为一个语言符号。然而，正是索绪尔自己阐明了任何符号的能指命名所指，都是约定俗成，一棵树的概念（所指），无论口说还是笔写成"树"（能指），都无必然理由，因为同一个概念在不同语文里，可以说成或写成不同的字。换言之，口头语并不比书面文字更直接、更优越。索绪尔也阐明了语

---

① 卢梭（J. J. Rousseau），《论人类不平等的起源和基础》，见《社会契约论与论文集》（*The Social Contract & Discourses*），伦敦1920年"人人丛书"英译本，第191页。

② 德里达（Jacques Derrida），《论文字学》（*Of Grammatology*），斯皮瓦克（G. C. Spivak）英译，巴尔的摩1974年版，第12页。

言中"只有无肯定项的差异"，①符号的意义并非本身自足，而是在与别的符号形成对立和差异时才显出来；一个符号可以和无数别的符号形成差异，所以符号的意义也就在无数差异的对立关系中变动游移。由此看来，逻各斯中心主义设想那种等级次序是错误的，因为我们并非先有明确固定的意义，用口说出话来，然后再写成拼音文字。意义即所指，口说或笔写的字即能指，都在差异中成立，差异是语言文字的基础，也就是广义的文字，所以德里达说："在狭义的文字出现之前，文字早已在使人能开口说话的差异即原初文字（arche-writing）中出现了。"②德里达并不是简单地颠倒传统的等级次序，主张文字先于口语，因为他所谓文字有反传统的特别含义，正如一位评论者指出的："我们此后必须区别（1）逻各斯中心主义的'文字'，那是指传达口头词语的工具，按字母拼音的文字，以及（2）文字学意义上即后结构主义的文字（écriture），那是指使语言

---

① 索绪尔，《普通语言学教程》，法文本，第166页。
② 德里达，《论文字学》，英译本，第128页。

得以产生的最初过程。"[①]德里达常常把中文这种非拼音文字作为反逻各斯中心主义的例证，他设想的"文字学"（Grammatology），正是以东方语文而非以西方拼音文字为依据的。

二、符号的游戏

德里达主要是一位哲学家，然而他关于语言文字的哲学在文学理论和批评的领域里发生了最明显的影响。在这里，我们从他对语言符号的理解开始，简略考察一下这种影响。

德里达把符号理解为印迹（trace），因为符号总是在与别的符号相对立和比较中显出意义，别的符号也就有助于界定它的意义，在它上面留下它们的印迹。在讲到索绪尔关于语言纵组合方面的概念时，我们曾举"僧敲月下门"句为例，说明句中出现的"敲"字带着没有

---

① 文森特·里奇（Vincent B. Leitch），《消解批评引论》（*Deconstructive Criticism：An Advanced Introduction*），纽约1983年版，第26–27页。

出现的"推"字（以及其他类似动词）的印迹。出现的和没有出现的、存在和不存在的都表现在同一符号里，所以每个符号都若有若无，像是"被划掉的"（sous rature）一样。由于一篇作品里的符号与未在作品里出现的其他符号相关联，所以任何作品的本文都与别的本文互相交织，或者如朱丽娅·克里斯蒂娃所说："任何作品的本文都是像许多引文的镶嵌品那样构成的，任何本文都是其他本文的吸收和转化。"[①]中国诗文讲究用典，往往把前人词句和文意嵌进自己的作品里，使之化为新作的一部分，这很可以帮助我们理解所谓"互文性"（intertextualité）概念。但"互文性"不仅指明显借用前人词句和典故，而且指构成本文的每个语言符号都与本文之外的其他符号相关联，在形成差异时显出自己的价值。没有任何本文是真正独创的，所有的本文（text）都必然是"互文"（intertext）。"互文性"最终要说明的是：文学作品的意义总是超出本文范围，不

---

① 朱丽娅·克里斯蒂娃（Julia Kristeva），《符号学：意义分析研究》（*Sémiotikè：Recherches pour une sémanalyse*），巴黎1969年版，第146页。

断变动游移。语言符号比结构主义者设想的要复杂得多，它并不是由一一对应的能指和所指构成，而符号系统也没有固定的结构，却更像各成分互相变化流通的网。结构主义者设想有一个超然结构决定符号的意义，成为意义的根据或中心，并且力求对这个结构做出客观描述。后结构主义者却否认任何内在结构或中心，认为作品本文是一个"无中心的系统"，并无终极的意义，就像巴尔特所说那样，文学作品就像一颗葱头，"是许多层（或层次、系统）构成，里边到头来并没有心，没有内核，没有隐秘；没有不能再简约的本原，唯有无穷层的包膜，其中包着的只是它本身表层的统一。"[①]

否定作品有不变的内核，也就否定作品的封闭性，因为"有中心的结构这一概念实际上就是限定或凝固的游戏的概念"。[②]在德里达看来，认为作品有内在结构，而且结构决定作品的终极意义，就会把意义的游移

① 罗兰·巴尔特，《文体及其形象》（*Style and its Image*），见恰特曼（S. Chatman）编《文体论文集》（*Literary Style：A Symposium*），纽约1971年版，第10页。
② 德里达，《文字与差异》（*L'Ecriture et la différence*），巴黎1967年版，第410页。

固着在一种解释里，限死了本来是闪烁变化的符号的游戏；把限定性结构强加给游移的意义，实际上表露出追求终极本源的欲望，而这当然是逻各斯中心主义的表现。德里达否认有终极意义，他所理解的本文或"互文"不是给我们唯一不变的意义，而是为我们提供多种意义的可能性，不是限制理解，而是语言的解放。他说："没有终极意义就为表意活动的游戏开辟了无限境地。"①这种观点必然导致阐释的多元论和相对主义，导致对读者和阅读过程的重视，而符号的游戏观念还暗示一种享乐主义的审美态度。这一切与文学语言的关系显然最密切，德里达本人也认为，对西方传统的突破"在文学和诗的文字方面最有把握，最为彻底"，庞德（Ezre Pound）受汉字影响建立的诗歌理论，和马拉美（Mallarmé）的诗学主张一样，都是"极顽固的西方传统中最早的裂口"。②在罗兰·巴尔特的著作里，这些后结构主义的批评观念得到了充分的发挥。

---

① 德里达，《文字与差异》，第411页。
② 德里达，《论文字学》，英译本，第92页。

三、从作者到读者

像当年尼采宣称"神已死去"一样，罗兰·巴尔特现在宣称："作者已经死去！"在他看来，承认作者是作品意义的最高权威，是"资本主义意识的顶点和集中表现"即实证主义的批评观念。"互文性"概念彻底破坏了文学独创性的幻想，也就推翻了作者的权威。巴尔特说："我们现在知道，本文并不是发出唯一一个'神学'意义（即作者——上帝的'信息'）的一串词句，而是一个多维空间，其中各种各样的文字互相混杂碰撞，却没有一个字是独创的。"如果说在逻各斯里，上帝的话与上帝之道合而为上帝的"信息"，那么否认作者像上帝一样有绝对权威，就等于"一种反神学活动，一种真正革命性的活动，因为拒绝固定的意义归根结底就是拒绝上帝及其三位一体——理性、知识、法则。"①作者不再是语言的主人，在作者写的文字里，意义的游

---

① 罗兰·巴尔特，《作者之死》（*The Death of the Author*），见希思（S. Heath）选译《形象—音乐—本文》（*Image-Music-Text*），纽约1977年版，第143、146、147页。

移连他自己也无法控制，所以他对于自己写下的文字也
不是主人，只是一个"客人"。①作品本文像无数互相
对立又互相关联的符号交织成的网，每个符号的意义都
在那网上闪烁着、游移着，"但这种杂多的文字会凝聚
到一个地方，这地方就是读者"。②换言之，本文的意
义并不在它自身，而存在于读者与本文接触时的体会
中，所以巴尔特说："本文只是在一种生产活动中被
体验到的。"③当然，不同读者并不会统一于唯一的理
解，他们体会的意义也不可能是终极意义。

　　从这种后结构主义观点看来，作品本文越多为读
者的体会留出余地，就越是令人满意。巴尔特把文学
作品分为两类，一类以巴尔扎克式传统的写实主义小说
为代表，是所谓"可读的"（le lisible）作品，它们把
一切描绘得清清楚楚，给人以真实的假像，却只给读者
留下"接受或拒绝作品的可怜的自由"；另一类以法

---

① 　罗兰·巴尔特，《从作品到本文》（*From Work to Text*），
见《形象—音乐—本文》，第161页。
② 　罗兰·巴尔特，《作者之死》，同上书，第148页。
③ 　罗兰·巴尔特，《从作品到本文》，同上书，第157页。

国"新小说"为代表，是晦涩难读的作品，读者不能被动接受，却必须积极思考，"不再做消费者，而成为作品的生产者"，好像一面阅读，一面补充作者没有写下的东西，参与了写作活动，这就是所谓"可写的"（le scriptible）作品。①当然，这种分别不是绝对的，最难读的作品从一定角度看去，也会呈现出连贯可解的面貌，最清楚明白的作品也总会有出人意料之处，也总不是那么简单。巴尔特在《S／Z》中，就把巴尔扎克的中篇小说《萨拉辛涅》（Sarrasine）做详细分析，由此证明似乎清楚的意义其实也十分复杂，可以说这正是把一篇"可读的"作品变成了"可写的"一类。巴尔特认为，清楚可读的作品（主要是传统作品）只是供读者消费，所以只能给人一种消费的"快乐"（plaisir）。一般读者习惯于把阅读视为一种消费活动，所以遇到难读的现代作品，往往觉得厌倦乏味。其实感到厌倦不过说明他"无力生产出这作品本文，无力打开它，使它

---

① 罗兰·巴尔特，《S／Z》，法文本，第10页。

活动起来。"①但是难读然而"可写的"作品，一旦读者参与本文的创造，就会体验到异乎寻常的"快感"（jouissance）。巴尔特这套"享乐主义美学"理论显然是服务于像新小说这类现代先锋派作品的，他认为最能打破我们期待、出人意料而难读的书，都可能提供最大的快感和享受。

巴尔特对巴尔扎克作品的分析以及德里达对索绪尔、卢梭等人理论的分析，都是找出似乎清楚严密的原作中一些弱点和缝隙，然后努力扩大已经露出的裂口，终于使原来似乎稳定的本文显出各种游移不定的差异，使原来似乎明确的结构消失在一片符号的游戏之中。这就是所谓"解构"即消解结构（deconstruction）的批评方法。运用这种方法的批评家们"阅读西方文学和哲学的主要作品，把它们看成逻各斯中心主义的边界线上的基点，并且以学术界迄今做出的最巧妙的解释来证明，这些作品其实已经由于运用语言似乎难免产生的矛盾和

① 罗兰·巴尔特，《从作品到本文》，见《形象—音乐—本文》，第163页。

不确定性，早已有了裂痕"。①换言之，解构批评往往指出作品本文的自我消解性质，论证不存在恒定的结构和意义。

自60年代末到80和90年代，解构大概就是最时髦的批评式样之一，不仅在法国，而且在其他西方国家，尤其在美国，产生了不小影响。从70年代初开始，德里达常常到美国讲学，耶鲁大学的保罗·德·曼（Paul de Man）、米勒（J. Hillis Miller）、哈特曼（Geoffrey Hartman）、哈罗德·布鲁姆（Harold Bloom）等人，都或多或少把这种批评方法应用于英美文学作品的分析，在一段时间里形成了颇有声势的所谓"耶鲁学派"。德·曼从存在主义转向后结构主义，提出一切语言都是隐喻，都具有修辞性，无所谓常语和文学语言的分别。米勒从现象学转向后结构主义，把德·曼这个观点与德里达关于符号差异本质的观点结合起来，做出进一步发挥，认为"修辞手法并不是从语言的正规用法引申或者'翻译'过来的，一切语言从一开始就是修辞性的。语

---

① 卡勒，《符号的追寻》（*The Pursuit of Signs*），伦敦1981年版，第43页。

言按本义的即指称性的用法，不过是忘记语言隐喻的
'根'之后产生的幻想"。[①]在德·曼、米勒以及别的
一些美国解构批评家们看来，语言符号既是符号，就总
是替代品，在本质上是任意和虚构的，所以没有任何语
言有严格指实的意义。哲学和科学的语言貌似严格，实
际上同样是修辞性的隐喻，而文学承认自己是虚构，文
学语言总是言在此而意在彼，所以文学最能明白揭示语
言的修辞性和含蓄性。文学无须批评家的努力已经在自
我消解，批评家的任务不过是把这种自我消解展示出来
而已。我们由此可以明白，为什么德里达的解构哲学在
美国主要成为文学批评的一种方式。

四、激进还是虚无？

要把后结构主义的解构论讲得清清楚楚，并不是那
么容易的事情。这不仅因为它本身不是一种统一而轮廓
分明的理论，而且因为它强调的恰好是不可能有什么清

---

① 米勒（J. Hillis Miller），《传统与差异》（*Tradition and Difference*），转引自文森特·里奇《解构批评引论》，第51页。

清楚楚，不可能有什么统一或分明的轮廓。柏拉图以来的许多思想家谴责语言不能充分传达意义，但他们的谴责本身却不能不靠语言来传达；同样，德里达批判自柏拉图以来这种逻各斯中心主义传统，但他的批判却不能不使用逻各斯中心主义所濡染的概念和范畴。这就像站在地上，却拔着自己的头发要离开地球一样困难。

解构在本质上是否定性的：它否认有恒定的结构和明确的意义，否认语言有指称功能，否认作者有权威、本文有独创性，否认理性、真理等学术研究的理想目标，这种看来与传统决裂的理论似乎相当激进，而德里达、罗兰·巴尔特等人对传统的攻击的确常常带着激进的政治色彩。许多论者已经指出，1968年5月反政府的学生运动造成法国社会生活和文化生活中一个重大转折，也是结构主义向后结构主义转变的历史原因。英国批评家特里·伊格尔顿认为，这场运动的失败使法国知识界对于任何制度性、系统性的概念产生反感，转而倾向于无政府主义的自由放任，结构的概念也就随之失去魅力。"后结构主义无力动摇国家政权的结构，于是转而在颠覆语言的结构当中寻得可能的代替。"在这样的背

　· 9　结构的消失 ·

景上，我们不难理解后结构主义那种否定性质，既然是
"从特定的政治失败和幻灭中产生的"，①后结构主义
的解构论有一种否定一切的虚无主义倾向，在阅读时逃
避到享乐主义的快感中去，也就不足为怪了。

　　在理论上，解构论也还有很多困难。德里达认为
逻各斯中心主义是西方哲学里的形而上学，而东方语
文，如使用象形字的中文，则超越了这种局限。在这一
点上，德里达依据的是美国诗人庞德对中文的"创造性
误解"。汉字固然不是拼音文字，但也有表示读音的成
分，而关于语言、文字和思维的关系，中国古人一贯认
为语言是思维的记录，而文字是口语的记录。汉字本身
也由最早只是象形，发展到后来有大量的形声字。《说
文解字》"词，意内而言外也"，扬雄《法言》以言为
"心声"、书为"心画"，《周易·系辞上》"书不尽
言，言不尽意"，都明显地分出等级次序，认为意（思
维）、言（言语）、书（文字）三者依次存在，文字的

---

① 　特里·伊格尔顿（Terry Eagleton），《文学理论入门》
（*Literary Theory：An Introduction*），明尼苏达大学出版社1983
年版，第142、143页。

表达能力有一定的局限性。换言之，德里达所谓逻各斯中心主义并非西方独有，把语言视为思维存在的方式和传达思维的工具，这是东方西方普遍的认识。我们不禁反过来怀疑，德里达的批判是否真站得住脚，这种虚无主义思想究竟有多少合理成分？

在文学批评中，全以作者本意为理解和阐释的准绳，这种实证主义观点当然是狭隘和武断的，但把作者和读者绝对地对立起来，宣称"读者的诞生必须以作者的死亡为代价"，[①]不免又走到另一个极端，否定作者和否定事物的本源互相联系，然而天下没有唯一的本源，并不等于在相对意义上也不存在本源。应当承认，相对于作品，作者就是本源，因为没有作者就不会有作品，也就谈不到阅读和读者。当然，作者的写作又是以读者的需要为前提，这当中是互为因果的辩证关系。要不是后结构主义者故意夸大其词，这本是不言而喻的自明之理。否定作者，也就把作者所处的时代和他的经历与他作品的联系完全切断，使文学批评成为一种极端

----

① 罗兰·巴尔特，《作者之死》，见《形象—音乐—本文》，第148页。

的形式主义，这正是新批评、结构主义和后结构主义都摆脱不了的局限。实际上，反对以作者本意为准，说到底是一个权力问题，即谁拥有阐释的权力，正像刘易斯·卡罗尔笔下的矮胖子昏弟敦弟（Humpty Dumpty）对爱丽丝说的那样，意义的断定全看谁是主人，看谁说了算。[①]若举中国读者熟悉的例子，秦二世时大权独揽的赵高可以指鹿为马，就是以权力歪曲事实的有名例子，但那也是从来被人唾弃的例子。作品既然不是作者的私产，对作品的诠释就不必依作者本意为准，读者也就获得了阐释的权利和自由。在当代文论中，这是一个讨论得很热烈也很有趣的问题。在谈到文学阐释学与接受美学时，我们将对这问题做进一步的探讨。就后结构主义的解构批评而言，问题不在于它否认作者的权威，而在于根本否认意义的明确性，把意义的不确定性和相对性夸张到不适当的程度。这样一来，由于漫无准的，似乎各种印象式的和别出心裁的误解妄解都有了理由，解构好像满足于把细针密缝的作品本文拆散开来，证明

---

① 见刘易斯·卡罗尔（Lewis Carroll），《镜中世界》（*Through the Looking Glass*）。

它原本是一团乱麻。这种做法实际上不可能令人满意，因为寻求意义永远是阅读的一个目的，哪怕这意义是相对的、不稳定的，而解构批评如果只是消解，没有肯定性的解释，就不可能作为一种正面的理论起作用。像《浮士德》中的魔鬼靡菲斯特那样，解构似乎也是一种"否定的精灵"，然而这种精灵终于只是虚无，而由浮士德所代表的人类对真善美的追求，哪怕是永远达不到终极目的的追求，才超越了消极和虚妄，才是人的活动的真实意义和内容。

10

神 · 上帝 · 作者

—— 评传统的阐释学

　　把不同宗教的神、基督教的上帝和一部文学作品的作者相提并论，并不是有意亵渎。如果说在宗教的领域里，人们曾经——甚至有人依然——把创造的荣耀归于神或上帝，那么根据模拟的逻辑，在文学的领域里，这种荣耀就可归于一首诗或一部小说的作者，因为正是他创造了作品。这个模拟还有十分重要的另一个方面，那就是神、上帝和作者都爱用隐喻和含蓄的语言。宗教的经典和文学的文本都充满了可能产生歧义的难解之处，于是解经说文的阐释就成为一种普遍的需要。古代的巫师和预言者占卦圆梦，后来的神父、牧师讲经布道，乃至学者和批评家注疏古代典籍、评论文学创作，虽然内容不同，目的各异，然而就其为阐释现象而言，却并非毫无相通之处。

在希腊罗马神话中，口齿伶俐又动作敏捷的赫尔墨斯（Hermes）是为神传达消息的信使。神的信息从他口中传出来，既是宣达，也不能不是一种解释，而且总是保存着适宜于神的那种高深莫测的玄秘。意味深长的是，希腊人和罗马人相信他既是雄辩者的保护神，又是骗子和窃贼的保护神，其模棱两可也就可想而知。正是这位说话畅快而又含糊的赫尔墨斯，这位既给人宣示神谕，其言又殊不可解的神话人物，最能象征理解和阐释的种种问题和困难。因此，以研究这些问题、克服这些困难为目的的学科取这位神使的名字，命名为"赫尔墨斯之学"（hermeneutics），也就再恰当不过了。这个字意译成中文，就是阐释学，也有人译为解经学或诠释学。

一、阐释学的兴起

人类社会生活中随时随地会遇到需要理解和说明

的问题，所以阐释现象本来是一个普遍存在的现象。然而阐释学在19世纪初作为一种理论建立起来的时候，却不是讲一般的理解和认识过程，而是讲对文字的诠释技巧（Kunstlehre），是一种科学的方法。一方面，自希腊人对荷马和别的诗人作出解释开始，欧洲的古典学者们就有一个诠释古代文献的语文学的阐释传统；另一方面，从教会对新、旧约全书的解释中，又产生了诠释圣经的神学的阐释学。这两方面的传统都只是局部的（lokale），直到"诠释从教条中解放出来"之后，由语文学的和圣经的局部阐释中，才逐渐发展出总体的（allgemeine）阐释学。①

把语文学和圣经注疏的局部规则纳入普遍适用的原理，建立起总体的阐释学，这是德国神学家和哲学家弗里德里希·施莱尔马赫的功绩。正像康德的批判哲学在探讨具体认识之前，首先考察认识能力本身一样，施莱尔马赫也从具体文字的诠释技巧归纳出把阐释过程各个

---

① 狄尔泰（Wilhelm Dilthey），《阐释学的形成》（*Die Entstehung der Hermeneutik*），见《全集》（*Gesammelte Schriften*）第5卷，莱比锡1924年版，第326页。

方面统一起来的核心问题，提出所谓"阐释的科学"。他认为核心的问题是避免误解。由于作者和解释者之间的时间距离，作者当时的用语、词义乃至整个时代背景都可能发生变化，所以"误解便自然会产生，而理解必须在每一步都作为目的去争取"。[①]在施莱尔马赫看来，一段文字的意义绝不是字面上一目了然的，而是隐藏在已经消褪暗淡的过去之中，只有通过一套诠释技巧，利用科学方法重建当时的历史环境，隐没的意义才得重新显现，被人认识。换言之，作品文本的意义即是作者在写作时的本意，而符合作者本意的正确理解并非随手可得，却只能是在科学方法指导之下，消除解释者的先入之见和误解后的产物。

这种对实验科学方法的注重，是实证主义时代精神的显著特点，德国哲学家狄尔泰正是在这种精神氛围中，把施莱尔马赫的阐释学发展到更为完善的阶段。狄尔泰始终致力于使"精神科学"（Geisteswissenschaften）即人文

---

① 施莱尔马赫（F .D. E. Schleiermacher），《阐释学》（*Hermeneutik*），金麦勒（H. Kimmerle）编本，海德堡1959年版，第86页。

科学或社会科学关于人类历史的知识，能够像自然科学关于自然界的知识那样确凿可靠，而要达到这个目的，就必须为认识历史找到科学的方法论基础。在狄尔泰那里，阐释学正好为"精神科学"奠定这样的基础。狄尔泰认为，人不同于一般自然物，他在生活中不断留下符号和痕迹，即所谓"生活表现"（Lebensäußerungen），后人通过这类表现的痕迹，可以跨越时空距离与他建立起联系，通过阐释认识到这个人，认识当时的生活，也就最终认识到历史。他说："如果生活表现完全是陌生的，阐释就不可能。如果这类表现中没有任何陌生的东西，阐释就无必要。阐释正在于这互相对立的两极端之间。哪里有陌生的东西，哪里就需要阐释，以便通过理解的艺术将它把握。"[1]

最能超越时空而传诸后世的生活表现，莫过于文字著述，莫过于文学、艺术、哲学等精神文化的创造，所以狄尔泰和施莱尔马赫一样，把文字的理解和诠释看

---

[1]　狄尔泰，《历史理性批判草案》（*Entwürfe zur Kritik der historischen Vernunft*），第1部第2章附录，"阐释学"，见《全集》第7卷，莱比锡1927年版，第225页。

成最基本的阐释活动。然而我们一旦面对一段文字，立即就面临一个循环论证的困难："一部作品的整体要通过个别的词和词的组合来理解，可是个别词的充分理解又假定已经先有了整体的理解为前提。"这样一来，整体须通过局部来了解，局部又须在整体联系中才能了解，两者互相依赖，互为因果，这就构成一切阐释都摆脱不了的主要困难，即所谓"阐释的循环"（der hermeneutische Zirkel）。[①]这种循环不仅存在于字句与全篇之间，而且也在作品主旨与各细节的含义之间。解释一首诗、一个剧本或一部小说，往往把作品中某些细节连贯起来作为论据，说明全篇的意义，可是这些细节能互相连贯，却是先假定了全篇的基本意义作为前提。让我们以李商隐的《锦瑟》为例："锦瑟无端五十弦，一弦一柱思华年。庄生晓梦迷蝴蝶，望帝春心托杜鹃。沧海月明珠有泪，蓝田日暖玉生烟。此情可待成追忆，只是当时已惘然。"据《李义山诗集辑评》，朱彝尊认为这是悼亡诗，于是进而解释诗中细节说："瑟本二十五

---

① 狄尔泰，《阐释学的形成》，见《全集》第5卷，第330页。

弦，弦断而为五十弦矣，故曰'无端'也，取断弦之意也。'一弦一柱'而接'思华年'，二十五岁而殁也。蝴蝶、杜鹃，言已化去也。珠有泪，哭之也；玉生烟，已葬也，犹言埋香瘗玉也。"何焯则认为"此篇乃自伤之词，骚人所谓美人迟暮也。庄生句言付之梦寐，望帝句言待之来世。沧海、蓝田，言埋而不得自见；月明、日暖，则清时而独为不遇之人，尤可悲也"。又据黄山谷说："余读此诗，殊不晓其意。后以问东坡，东坡云：'此书《古今乐志》，云：锦瑟之为器也，其弦五十，其柱如之。其声也，适、怨、清、和。'案李诗'庄生晓梦迷蝴蝶'，适也；'望帝春心托杜鹃'，怨也；'沧海月明珠有泪'，清也；'蓝田日暖玉生烟'，和也。"这几种不同的理解都能对诗中具体形象分别做出解释，这些解释又反过来支持和"证明"对全诗主旨的解释。又例如莎士比亚的《哈姆莱特》，歌德认为是写一个具有艺术家的敏感而没有行动力量的人的毁灭，柯勒律治认为是一个像哲学家那样耽于沉思和幻想的人的悲剧，弗洛伊德则认为是写所谓俄狄浦斯情结，各种理解使解释者的眼光不同，剧中具体情节也就显出不同意义，而这些意义又被用来说明对全剧的不同理解。正如哈利·列文所说，哈姆莱特愚弄波洛涅斯，故意说天上的云一会儿像骆驼，一会像鼬鼠，一会儿又像鲸鱼，这一妙趣横生的情节恰恰"简单明了地预示了后来解释这个剧的情形"。[①]由于阐释的循环，灵巧的解释都是"自圆其说"的，各种不同的解释，只要合乎情理，自成一家之言，就找不到一个绝对标准来裁决其优劣正误，也就很难使批评家们放弃自己的见解，去接受另一种看法。亚历山大·蒲伯不是早就说过：

> 'Tis with our judgments, as our watches, none
>
> Go just alike, yet each believes his own.
>
> 见解人人不同，恰如钟表，
>
> 各人都相信自己的不差分毫。[②]

---

① 哈利·列文（Harry Levin），《〈哈姆莱特〉问题》（*The Question of Hamlet*），纽约1959年版，第3页。

② 亚历山大·蒲伯（Alexander Pope），《论批评》（*An Essay on Criticism*），第9–10行。

狄尔泰深知这种循环论证的困难。他承认："从理论上说来，我们在这里已遇到了一切阐释的极限，而阐释永远只能把自己的任务完成到一定程度：因此一切理解永远只是相对的，永远不可能完美无缺。"[①]可是狄尔泰和施莱尔马赫一样，最终目的在于达到对过去历史的认识，对他说来，重要的不是一段文字本身的意义，而是这段文字的作者，不是文字这种生活表现，而是表现在文字中作者当时的生活。所以狄尔泰宣称："阐释活动的最后目的，是比作者理解自己还更好地理解他。"[②]

二、现象学与阐释学

1900年以后，狄尔泰在胡塞尔现象学里为自己的阐释理论寻求更系统的支持。胡塞尔提出过"走向事物"（Zu den Sachen）的口号，但不是走向经验中的现实事物。恰恰相反，他认为经验是不可靠的，只有把经验的、自然的观点撇在一边，使它"暂停"（epoché），

---

①　狄尔泰，《阐释学的形成》，见《全集》第5卷，第330页。

②　同上，第331页。

才可能在纯意识中把握事物不变的本质。显然，这是一种追求永恒本质的现代柏拉图主义，因此胡塞尔所说的事物和客体，都是存在于纯意识中的抽象物，是所谓"意向性客体"。

在《逻辑研究》中，胡塞尔把意向性客体称为意义。假定不同的人都在意识中想到某一客体，例如都想到桌子，那么对于不同人的意向行动说来，这个意向性客体即桌子的意义是相同的、恒定不变的。换言之，不同的人只要做出同样的意向行动，就能在意识中达到同一客体，得到同样的意义。狄尔泰把这种观点应用于通过"生活表现"与别人建立联系的理论，认为阐释别人的生活表现，应当努力排除自己经验范围内的主观成分，重复别人的意向，得出原来的意义。这样，胡塞尔现象学就为那种以消除解释者自我、达于作者本意为目的的阐释学，提供了逻辑依据。

活跃于四五十年代的所谓"日内瓦学派"，最直接地把胡塞尔现象学应用于文学批评。这派文评的一个重要代表乔治·布莱就认为，批评家应当努力摆脱属于自己现实环境的一切，直到成为"可以被别人的思想充实的一种内在真空"。①在这派批评家看来，批评完全是被动接受由作者给定的东西，作者的自我才是一切的本源，阐释只是努力回到这个本源，而解释者是一片真空、一块透明体，不带丝毫偏见，不加进半点属于自己的杂质，只原原本本把作者的本意复制出来。就像胡塞尔把现实事物"加上括号"那样，②这派批评把产生文学作品的历史条件及读者的感受完全撇在一边，拒绝加以考虑，只研究作品文本"内在的"阅读。文本只是作者意识的体现，作品的文体和语义等方面被看成一个复杂整体的有机部分，而把各部分统一成有机整体的，则是作者的头脑。为了了解作者的头脑，现象学文评并不主张像19世纪的传记批评那样研究作者的身世际遇，却只注意体现在作品中的作者意识。因此，本文作为作者意识的体现，即狄尔泰所谓生活表现，在现象学文评里并不具有最重要的价值，只有作者的意识，他的自我和

---

① 乔治·布莱（George Poulet），《批评意识中的自我与别人》（*The Self and the Other in Critical Consciousness*），载《辩证批评》（*Diacritics*）1972年春季第1期，第46页。
② "加括号"（Einklammerung）是胡塞尔借用的数学术语，意为把现实事物置于括号中，暂不考虑。

本意才是阐释的目标。

　　美国批评家赫施是这种传统阐释学在现代文论中的典型代表。赫施自己说，他的全部理论实际上是"试图在胡塞尔的认识论和索绪尔语言学中为狄尔泰的某些阐释原理寻找依据"，[①]换言之，是把现象学与阐释学相结合，同时又吸收索绪尔语言学的某些概念作为补充。赫施在现代文论中相当突出的一点，就是他十分明确而坚决地主张作者是阐释的最终权威。他的《阐释的有效性》开宗明义，第一章就以"保卫作者"为标题。他主张"客观批评"，而为了寻找一个客观的、恒定不变的准绳，就只有把作者奉为唯一的权威，所以他认为，"与作者想要达到的目的不严格符合的一切价值标准，都是外在的"。[②]例如弗洛伊德派对《哈姆莱特》的解释，赫施认为是错误的，就因为它所强调的俄狄浦斯情结与莎士比亚本意的那种类型格格不入。

　　赫施认为意义不可能是个人的，所以意义类型是很

① 赫施（E. D. Hirsch），《阐释的有效性》（*Validity in Interpretation*），纽黑文1967年版，第242页注。
② 同上，第158页。

重要的阐释概念，也就是说，不同的人可以共有某一类型的意义。用胡塞尔现象学的术语来说，就是"（在不同时候）不同的意向行动可以指向同一意向目的"；[①]在实际批评中，这意味着批评家应当消除自我，完全以回到作者本意为目的。在赫施看来，意义是作者在他的意向行动中一劳永逸地给定的，批评家只要设身处地，重复类似于作者那样的意向行动，就能指向同一意向目的，复制出作者的本意。赫施坚持认为，意义（meaning）只能是作者的本意，解释者由于自己环境的影响，对作者本意的领会往往可能有偏差，这种领会就不能叫作意义，只能叫意味（significance），而阐释的目标当然不是分析意味，而是复制意义。在这种以作者为中心的阐释理论中，批评主要成为一种认识过程，成为创作的附庸。这和另一位美国批评家默里·克里格尔的意见颇为一致，因为克里格尔明确地把批评称为派生于创作的"二等艺术"，它对文学的解释和评价正确与

[①]　赫施，《阐释的有效性》，第218页。

否，全得用作品本身和作者意识来做检验的标准。[①]在这里我们不难看出，浪漫主义时代把作者即创造的天才加以神化的观念，仍然在现代文论中返照出最后的光芒。

三、同一性的幻想

以回到作者原意为理想目标的传统阐释学，实际上是希望把握住永远不变的、准确而有绝对权威的意义，任何偏离这一意义的理解和阐释都可以用误解这两个字去一笔勾销。这种态度是很平常的，例如仇兆鳌自序《杜少陵集详注》，就有这样几句话："注杜者，必反复沉潜，求其归宿所在，又从而句栉字比之，庶几得作者苦心于千百年之上，恍然如身历其世，面接其人，而慨乎有余悲，悄乎有余思也。"在中国文评传统里，可以说这是对阐释学的一个十分精彩的表述。所谓

---

① 默里·克里格尔（Murray Krieger），《作为二等艺术的批评》（*Criticism as a Secondary Art*），载海纳迪（P. Hernadi）编《什么是批评？》（*What Is Criticism?*），印第安纳大学出版社1981年版，第284页。

"反复沉潜""句栉字比"，正是对阐释循环的描写，而"得作者苦心于千百年之上，恍然如身历其世、面接其人"，则生动地指明了阐释的目标。可是，这种希望超越千百年之上的时空距离，身历其世、面接其人而与作者的自我合而为一的理想，是否只是一种幻想呢？批评家自以为排除了一切主观偏见后得到的作者苦心，除了他的直觉和自信，又有什么客观的办法证明那真是属于作者本人而非属于批评家的苦心呢？薛雪在《一瓢诗话》里恰好也谈到杜诗，说是"解之者不下数百余家，总无全璧"。仇兆鳌的注解，其实也不过诸家之一，并不因为他抱着与诗人本意合一的愿望，就能一劳永逸地解决阐释问题。不要说对过去历史的理解，就是处在同一历史环境中，要对作者本意完全理解也不那么容易。欧阳修与梅圣俞都是大诗人，而且是好朋友，应当说互相理解是没有问题的。可是欧阳修自己记载说："昔梅圣俞作诗，独以吾为知音，吾亦自谓举世之人知梅诗者莫吾若也。吾尝问渠最得意处，渠诵数句，皆非吾赏者，以此知披图所赏，未必得秉笔之人本意也。"① 由此看来，即便引为知音的诗友，也未见得就能把握住"秉笔之人本意"，更何况千百年之后，时过境迁，再来"重建"或"复制"作者本意，真是谈何容易。客观批评的困难，在于事实上无法完全证明其为客观批评，批评家自以为得到了作者的本意和用心，但是否真是作者本意和用心，依然不能决然断定。在这一点上，批评仍然摆脱不了阐释循环的问题和困难，即批评家自以为客观的判断，很可能仍然是主观的。②

以作者本意为准绳即便可能，对于实际批评说来，也很难有什么意义。批评的价值并不是或不仅仅是认识过去，而是以今日的眼光看过去。正因为如此，对于过去的经典作品，无论我们是否知道作者本来的用意，都在不同时代做出不同的解释，不断从中发掘出新的意义来。如果一切依作者本意为准，大部分最有独创见解的批评就不能存在，这事实上当然是不可能的。莎士比亚

① 见《四部丛刊》本《欧阳文忠公文集》卷183《唐薛稷书》。
② 参见戴维·布莱奇（David Bleich），《主观批评》（*Subjective Criticism*），巴尔的摩1978年版。

的戏剧、《红楼梦》等最具丰富含义的古典名著，尽管已经有了各种各样的解释，但好像总还有提供新解释的可能，对于这类名著的研究和解释也总还会再继续下去。换言之，批评是一种社会性的活动，它并不是解释作者个人，倒更多是为批评家所处的社会解释作者，或者代表社会说出对作者的体会或感受。批评家并不是作者的代言人，而是他的时代和社会的代言人，真正有创见的批评正是能反映批评家自己历史环境的批评。

传统阐释学的弱点，在它的哲学基础即胡塞尔现象学中已经看得清楚。追求恒定不变的抽象本质这种柏拉图式唯心主义，在阐释学中就表现为追求恒定不变的作者本意。这种作者本意就像柏拉图式的理念一样，是超验的、超时空的、不可及的。解释者要完全超脱自己的历史环境，才可能在永恒中与神化的作者交流，然后再把这种神谕传达给世间的读者。以赫施为代表这种似乎唯理主义的批评理论，难道不是逐渐转化为反理性的神秘主义了吗？从认识论的角度看来，追求恒定不变的作者原意，把它作为绝对标准，就像追求永恒的绝对真理一样，也只是一种幻想。正像人类整个说来永不可能穷尽真理一样，批评也永不可能一劳永逸地找出作者本意，然后便停滞不前。对文学作品的认识和人类对整个自然与社会的认识一样，永远不会有止境，永远不会达到枯竭的地步。我们将会看到，阐释学的进步将不得不以批判胡塞尔的唯心主义为前提，在承认理解和阐释的具体历史性这一条件下，对阐释学的基本概念做出全然不同的解释。正如罗兰·巴尔特那著名的口号所提出的，作者—上帝已经死去，当代文论进入了一个没有上帝的世界。这并不是一个秩序井然的美好的世界，可是要把死去了的作者—上帝再强加给批评，却已经是不可能做到的了。

11

仁者见仁，智者见智

——关于阐释学与接受美学

大概每一位作者在写作的时候，都有自己想要传达的信息，都希望自己的作品被人理解和欣赏，而在很长的时期里，西方文学批评主要关注的正是如何体会作者的本意，在符合作者原来用意的条件下，再进一步探讨鉴赏和批评的问题。可是，且不说了解过去时代作者的本意有多困难，就连生活在同一时代、处于同一类环境里的读者，也未必就能准确无误地领会作者原意，像他本人那样来欣赏和批评他的作品。宋代有名的文学家欧阳修有一段话，就极明白地说出了这种知音的困难。他写道：

　　昔梅圣俞作诗，独以吾为知音，吾亦自谓举世之人知梅诗者莫吾若也。吾尝问渠最得意处，渠诵数句，皆非吾赏者，以此知披图所赏，未必得秉笔之人本意也。[①]

欧、梅二位都是名诗人，又互相引为知己，在他们之间尚且存在这样的差异，对于当时的一般读者和后代的读者说来，知音之难也就更是可想而知了。虽然欧阳修谈的是鉴赏，但他显然把理解视为鉴赏的基础，认为鉴赏方面的差异来源于理解的不一致，即鉴赏者未能体会到"秉笔之人本意"。刘勰《文心雕龙》有专论"知音"一章，开篇就说："知音其难哉！音实难知，知实难逢，逢其知音，千载其一乎！"中国古人很早以来就一直有知音难逢的意识，也就是关于理解和阐释差距的意识，而在西方，这种意识则是在20世纪的文论中，才越来越引起人们的重视和探讨，并且产生出了一系列很有意义的成果，在前面讨论传统阐释学的一章，我们提

————————
① 见《欧阳文忠公文集》卷138《唐薛稷书》。

到了施莱尔马赫、狄尔泰、胡塞尔等名字，可见尤其在
德国哲学和文学批评的传统中，对这类问题有深入的探
讨，形成了关于文学阐释和接受的新理论。

一、理解的历史性

我们每一个人都生活在一定的历史环境里，我们的
一切活动，包括理解和认识这样的意识活动，都必然受
到历史环境的影响和制约。传统的阐释学却力求使解释
者超越历史环境，达到完全不带主观成分的"透明的"
理解，而把属于解释者自己的历史环境的东西看成理解
的障碍，看成产生误解和偏见的根源。例如阐释的循
环，在传统阐释学看来只能是消极的恶性循环，因为它
妨碍我们肯定认识的客观性。对李商隐的《锦瑟》或莎
士比亚的《哈姆莱特》，不同的理解导致对作品细节的
不同解释，而细节的解释又反过来支持和证明对整首诗
或整个剧的解释。这样一来，局部与整体构成论证的循
环，被证明的东西已经是证明的前提，于是作为认识论
的阐释学在论证方法上就遇到无法克服的困难。赫施的

"客观批评"主张一切阐释以作者原意为准，但究竟作者原意是什么，仍然需要理解和阐释来确定，所以仍然摆脱不开循环论证的困难。因此，有人批评他这种幻想解释者可以超越自己现实环境的理论，是一种"天真的阐释学"。[①]

德国哲学家海德格尔认为阐释不只是一种诠释技巧，他把阐释学由认识论转移到本体论的领域，于是对阐释循环提出新的看法。在他看来，任何存在都是在一定时间空间条件下的存在，即定在（Dasein），超越自己历史环境而存在是不可能的。存在的历史性决定了理解的历史性：我们理解任何东西，都不是用空白的头脑去被动地接受，而是用活动的意识去积极参与，也就是说，阐释是以我们已经先有（Vorhabe）、先见（Vorsicht）、先把握（Vorgriff）的东西为基础。这种意识的"先结构"使理解和解释总带着解释者自己的历史环境所决定的成分，所以不可避免地形成阐释的循环。在海德格尔看来，"理解的循环并不是一个任何种类的

---

① 弗兰克·伦屈齐亚（Frank Lentricchia），《在新批评之后》（*After the New Criticism*），芝加哥1980年版，第263页。

认识都可以在其中运行的圆，而是定在本身存在的先结构的表现"；它不是一种恶性循环，因为它是认识过程本身的表现。换言之，认识过程永远是一种循环过程，但它不是首尾相接的圆，不是没有变化和进步，所以，"具决定性意义的并不是摆脱这循环，而是以正确的方式参与这循环"。①

阐释学由一种诠释的方法和技巧变成人的意识活动的描述和研究，就由认识论变成本体论。既然任何存在总是在一定时间空间里的存在，那么从存在即从本体论的角度看来，要消除过去和现在之间的历史距离，要克服解释者的主观成见，不仅不可能，而且也没有必要，因为正是历史距离使过去时代的作品对现在的读者呈现出不同面貌，产生新的理解的可能性。在《真理与方法》这部论述新的阐释学的著作里，伽达默尔认为"在海德格尔赋予理解这个概念以存在的意义之后，就可以

---

① 　海德格尔（Martin Heidegger），《存在与时间》（*Being and Time*），麦克奎利（J. Macquarrie）与罗宾逊（E. Robinson）英译，纽约1962年版，第195页。

认为时间距离在阐释上能产生积极结果"。①在新的阐释学家看来，施莱尔马赫和狄尔泰等人力求消除的主观成见，其实正是认识过程中的积极因素。伽达默尔甚至针对传统阐释学企图消除一切主观成见的努力，提出"成见是理解的前提"，充分肯定解释者或读者在阐释活动中的积极作用。他所谓成见其实就是海德格尔所谓"先结构"，也就是解释者的立场、观点、趣味和思想方法等由历史存在所决定的主观成分。这些成分构成他认识事物的基础即他的认识眼界或水平（Horizont），而这个水平必然不同于其他人的认识眼界或水平。在理解和阐释过程中，解释者的水平并没有也不可能完全消除，却在与作品的接触中达到与别的水平的融和（Horizontverschmelzung）。就文学作品的阐释而言，这意味着承认读者的积极作用，承认作品的意义和价值并非作品本文所固有，而是在阅读过程中读者与作品相接触时的产物。所以伽达默尔说，作品的意义并不是作者给定的原意，而"总是由解释者的历史环境乃至全部

---

① 伽达默尔（H. G. Gadamer），《真理与方法》（*Wahrheit und Methode*），图宾根1960年版，第281页。

客观的历史进程共同决定的"。[①]这种新的阐释学充分承认人的历史存在对人的意识活动的决定作用，否认恒常不变的绝对意义和唯一理解，把阐释看成作品与读者之间的对话，同时注重读者对意义的创造作用。在这些基本观点上，这种阐释学显然与德里达、巴尔特等后结构主义者的理论有共同之处，而在此基础上，阅读活动与读者反应逐渐成为现代西方文论一个十分突出而且重要的方面。

二、接受美学简述

在过去时代的文学理论中，有一个明显而基本的事实没有得到足够的重视，那就是文学作品总是让人读的，因此作品的意义和审美价值都是在阅读过程中才产生并表现出来。第一个系统研究所谓"阅读的现象学"、把读者的反应作为重要因素来加以考虑的，是波兰哲学家罗曼·英加登。他认为文学作品的文本只能提

---

① 伽达默尔，《真理与方法》，第280页。

供一个多层次的结构框架，其中留有许多未定点，只有在读者一面阅读一面将它具体化时，作品的主题意义才逐渐地表现出来。英加登分析了阅读活动，认为读者在逐字逐句阅读一篇作品时，头脑里就流动着一连串的"语句思维"（Satzdenken），于是"我们在完成一个语句的思维之后，就预备好想出下一句的'接续'——也就是和我们刚才思考过的句子可以连接起来的另一个语句"。①换言之，读者并不是被动地接受作品文本的信息，而是在积极地思考，对语句的接续、意义的展开、情节的推进都不断做出期待、预测和判断。在这个意义上，可以说读者不断地参与了信息的产生过程。

由于文学作品充满了出人意料的转折和变化，读者的预测和期待往往不尽符合文本中实际出现的语句，也就是说，其语句思维常常被打断。英加登的文学趣味是传统古典式的，所以在他看来，"这种间断或者多多

---

① 罗曼·英加登（Roman Ingarden），《论文学艺术品的认识》（*Vom Erkennen des literarischen Kunstwerks*），图宾根1968年版，第32页。

少少地使人感到真正的惊讶，或者激起人的恼怒"。①
但是，如果一部作品的每句话都符合我们的预测，情节
的发展完全在我们意料之中，我们读来毫不费力，但也
感觉不到奇绝的妙处，这种作品必然又枯燥乏味，引
不起我们半点兴趣。所以，从读者的实际反应这个角度
说来，打破读者的期待水平，使他不断感到作品出奇制
胜的力量，才是成功的艺术品。就文学作品而言，这意
味着文本结构中留有许多空白，这些空白即未定点可以
允许读者发挥想象力来填充。正如沃尔夫冈·伊塞尔所
说，"作者只有激发读者的想象，才有希望使他全神贯
注，从而实现他作品本文的意图"。②而激发读者的想
象，就要靠文本中故意留出的空白。就像我们看见山就
无法想见山一样，只有眼前没有山的时候，我们才可能
在想象中描绘出秀丽或嵯峨的山岭。"文学的文本也是
这样，我们只能想见文本中没有的东西；文本写出的部

---

① 　罗曼·英加登，《论文学艺术品的认识》，第32页。
② 　沃尔夫冈·伊塞尔（Wolfgang Iser），《阅读过程的现象学
研究》（*The Reading Process*：*A Phenomenological Approach*），
见汤普金斯（Jane P. Tompkins）编《读者反应批评》（*Reader-
Response-Criticism*），巴尔的摩1980年版，第57页。

分给我们知识，但只有没有写出的部分才给我们想见事物的机会；的确，没有未定成分，没有文本中的空白，我们就不可能发挥想象。"①

在新的阐释理论的基础上，接受美学（Rezeptionsästhetik）于70年代初在德国最先开始发展起来，沃尔夫冈·伊塞尔和汉斯·罗伯特·尧斯就是这派理论的两个重要代表人物。伊塞尔发挥英加登关于文学文本的未定点在阅读过程中得到具体化的思想，认为文学作品有两极，一极是艺术的即作者写出来的文本，另一极是审美的即读者对文本的具体化或实现，而"从这种两极化的观点看来，作品本身显然既不能等同于文本，也不能等同于具体化，而必定处于这两者之间的某个地方"。②这种看法试图避免两个极端，一个是把作品看成只有唯一一种解释的绝对主义，另一个是认为每

① 沃尔夫冈·伊塞尔，《阅读过程的现象学研究》，见汤普金斯编《读者反应批评》，第58页。

② 沃尔夫冈·伊塞尔，《阅读活动：审美反应理论》（*The Act of Reading：A Theory of Aesthetic Response*），巴尔的摩1978年英译本，第21页。

个读者都可以按自己的方式随意做出解释的主观主义。
我们只要看看对同一首诗、同一部小说或剧本有多少不
同然而各有一定道理的解释，就不难明白绝对主义的谬
误。相信文学作品只有唯一一种"正确"解释的人，实
际上往往相信自己赞同那种解释就是唯一"正确"的解
释，因而正是陷入了一种极端形式的主观主义。另一方
面，伊塞尔在充分承认读者的创造性作用的同时，又认
为读者的反应无论多么独特，都总是由作品文本激发引
导出来的。"读者的作用根据历史和个人的不同情况可
以以不同方式来完成，这一事实本身就说明文本的结构
允许有不同的完成方式"。[①]在伊塞尔看来，作品文本
的结构当中，已经暗含着读者可能实现的种种解释的萌
芽，已经隐藏着一切读者的可能性。他用所谓"暗含的
读者"（der implizite Leser）这个术语来表达这一概念，
并且明确地说，"作为一个概念，暗含的读者牢牢地植
根于文本结构之中，他只是一种构想，绝不能和任何真

---

① 　沃尔夫冈·伊塞尔，《阅读活动：审美反应理论》，第37页。

的读者等同起来"。[1]真的读者在阅读过程中把文本具体化，得出一种解释，只是以一种方式完成了"暗含的读者"某一方面的作用，却必然同时排除了其他方面的作用，排除了别的各种解释的可能性。换言之，文本的具体化和读者作用的实现是一个选择性的过程，这种具体化和读者作用的实现都只是各种可能当中的一种，只有作品文本和文本结构中暗含的读者，才是无限丰富的，因为它们包含着各种阐释的可能性。

罗伯特·尧斯主要从文学史的角度来看待文学的接受问题，即各时代的读者怎样理解和鉴赏文学作品。对他说来，作品之所以具有未定性不仅由于文本结构，还由于时代变迁造成的隔阂：由于过去时代和后代的读者具有不同的历史背景和期待水平，便必然形成阐释的差距。尧斯认为，每部作品产生时读者的期待水平提出一定的问题和要求，文学作品就像是对此做出的回答。研究文学应设法了解作品的接受过程，即重建当时读者的期待水平，然后考察这个水平与各时代读者水平

---

[1] 沃尔夫冈·伊塞尔，《阅读活动：审美反应理论》，第34页。

之间的逐步变迁以及这种变迁对作品接受方面的影响。他认为这种方法可以"揭示对一部作品过去的理解和现在的理解之间的阐释差距，并且使我们意识到它的接受历史"。[①]尧斯的目的是用新的观点和方法去研究文学史，这种文学史不像过去的文学史那样以作者、影响或流派为中心，而是集中考察文学作品在接受过程各个历史阶段所呈现出来的面貌。

三、读者反应批评

德国的阐释学和接受美学把作品与读者的关系放在文学研究的首要地位来考察，充分承认读者对作品意义和审美价值的创造性作用。但是，这种理论并没有把读者看成意义和价值唯一的创造者，却把文本结构视为最初的出发点。伽达默尔认为，"艺术的语言意味着在作

---

① 汉斯·罗伯特·尧斯（Hans Robert Jauss），《试论接受美学》（*Toward an Aestheic of Reception*），巴蒂（T. Bahti）英译，明尼苏达大学出版社1982年版，第28页。

品本身存在着意义的过量"。①伊塞尔认为，"暗含的读者"牢牢植根于文本结构之中，本身就是文本结构的产物。在德国阐释学与接受美学这些主要理论家看来，读者的创造性活动归根结底是限制在文本结构所提供的可能性之内，读者做出的种种解释无论怎样互不相同，都总可以在作品本身找到一点萌芽或痕迹。总的说来，这种理论最终把理解作品的意义看作主要目的，而读者的阅读活动是达到这个目的的必要手段。在以读者为主要研究对象的理论进一步的发展当中，某些理论家朝着更注重读者主观活动的方向迈出了很大的一步。

在美国，注重读者的理论叫作读者反应批评（reader-response criticism），这个名称比接受美学这个名称显然带着更多心理的和主观的色彩。已经有人指出，把伊塞尔的德文著作译成英文，往往使他的理论显

---

① 伽达默尔，《美学与阐释学》，见《哲学阐释学》（*Philosophical Hermeneutics*），林格（David E. Linge）英译，伯克利1976年版，第102页。

得更"主观"。① 美国批评家斯坦利·费希却认为伊塞
尔的理论太保守，在费希看来，承认读者积极参与了创
造意义的活动，就应当进一步对意义、甚至对文学本身
重新作出定义。费希针对新批评派对所谓"感受迷误"
的攻击，提出"感受派文体学"，认为文学并不是白纸
黑字的书本，而是读者在阅读过程中的体验，意义也并
不是可以从作品里单独抽取出来的一种实体，而是读者
对作品文本的认识，并且随着读者认识的差异而变化不
定。因此，文本、意义、文学这些基本概念都不是外
在的客体，都只存在于读者的心目之中，是读者经验
的产物。所以费希宣称，"文本的客观性只是一个幻
想"。②这样一来，作品文本和读者之间的界限越来越
模糊，批评注意的中心由文学作品的意义和内容渐渐转
向读者的主观反应。

---

① 　参见布鲁克·托马斯（Brook Thomas），《读伊塞尔或对
一种反应理论的反应》，见《比较文学研究》（Comparative
Literature Studies）1982年春季1期，第54–66页。
② 　斯坦利·费希（Stanley E. Fish），《读者心中的文学：感受
派文体学》（Literature in the Reader: Affective Stylistics），见汤
普金斯编《读者反应批评》，第82页。

　　另一位批评家戴维·布莱奇从认识论的角度肯定
"主观批评"，认为"主观性是每一个人认识事物的条
件"。[①]他认为人的认识不能脱离人的意图和目的，所
以处于同一社会中的人互相商榷，共同决定什么是有意
义的，什么是无意义的以及意义究竟是什么。布莱奇和
费希都常常使用"解释群体"（interpretive community）
这个术语，指的是每个个人在认识和解释活动中都体
现出他所处那个社会群体共同具有的某些观念和价值
标准。布莱奇把认识看成解释者个人与他所属那个解释
群体互相商榷的结果，对于解释者个人的主观性说来，
解释群体就构成一种客观的限制。在这个意义上，布莱
奇仍然承认主观客观的对立和区别。有的批评家对解释
群体的理解却很不相同，例如迈克尔斯把哲学家皮尔斯
（Peirce）的理论和符号学、解构理论糅合在一起，企
图根本取消主观和客观之间的界限和区别。他认为，人
的思想意识和别的任何事物一样，都只有作为符号才
能被我们所认识，所以"自我和世界一样，也是一种

---

① 　戴维·布莱奇（David Bleich），《主观批评》（*Subjective Criticism*），巴尔的摩1978年版，第264页。

文本（text）"，"自我本身已经包含在一定的环境之中，即包含在解释群体或者说符号系统之中"。[①]换言之，解释者的自我只是一个符号，解释群体则是一个符号系统，一个符号是受符号系统限制的，所以解释者永远不可能完全摆脱这种限制。这种理论在批评实践中试图取消主观客观的界限，其实际效果必然是使批评家有更多理由相信自己的解释的正当合理，因为他无论做出怎样奇特的解释，都可以说是代表他那个解释群体的见解而不是他个人的主观臆断；与此同时，他也不可能超脱他那个解释群体的见解而做出纯客观的解释。迈克尔斯不仅否认解释有客观性，而且否认被解释的作品和整个外部世界有客观性。他认为，"独立自足的主体这一观念……恰恰和独立自足的世界一样，都是值得怀疑的"。[②]在否认作品即解释对象的客观性这一点上，迈

---

① 迈克尔斯（Walter Benn Michaels），《解释者的自我：皮尔斯论笛卡儿的'主体'》（*The Interpreter's Self: Peirce on the Cartesian "Subject"*），见汤普金斯编《读者反应批评》，第199页。

② 迈克尔斯，《解释者的自我：皮尔斯论笛卡儿的'主体'》，见《读者反应批评》，第199页。

克尔斯、费希和其他一些持类似看法的理论家们，颇能
代表当代西方文论中一种极端倾向，也反映出一种理论
的危机。

四、结束语

　　阐释学和接受美学以及读者反应批评在文学研究
领域中开拓了注重语言与阅读过程的关系这一广阔的天
地，使我们意识到许多新的问题，或者从新的角度去看
待某些老问题。新的阐释学给我们证明了阐释差距的必
然性，一旦我们意识到这一点，即意识到对同一事物可
以有而且总是有不同的理解，我们就不再坚持文学的鉴
赏和批评只能有唯一绝对的解释。这一点并不新奇，中
国有句古话叫"诗无达诂"，说的就是这个道理。对阅
读过程中读者的意识活动十分细致的分析和描述，这种
理论的确有力地阐明了读者在文学接受历史中的积极作
用，使我们意识到多种阐释的可能性和合理性。对于这
种理论可以提出的一个问题，不是在阐释差距本身，而
是在阐释的价值标准上。也就是说，对同一作品可能做

出的各种解释中，总会有较合理的和不那么合理的、较有说服力和不那么有说服力的，简言之，较好的和较差的解释。一种全面的文学批评理论必须超出纯粹描述的水平，对价值判断的标准做出合理规定。承认多种解释的可能性并不能使我们放弃对批评的基本要求，即对文学作品做出价值判断，而且对好的和不好的批评本身做出价值判断。对文学作品固然不必像解数学方程那样只有一种或两种解释，但在多种解释中，我们应当能判断哪一种或哪几种是更令人满意的解释，而且说明这样判断的理由。审美价值及其标准似乎是当前西方文论家们相当忽略的一个问题，因而也是一个薄弱环节，而这个问题的探讨和突破也必然是批评理论的进一步发展所必需的。

文学作品的阐释和接受，从哲学的角度看来，归根结底是一个认识论方面的问题。既然我们的意识是由我们的存在决定的，生活在不同历史时代和不同社会环境中的人就必然具有不同的意识，对同一作品的理解也必然互不相同。理解的历史性和阐释的差距并不是抽象的理论概念，而是生活中到处可以见到的事实。因此，阐释学和接受美学的基本观念是我们不难理解和接受的。但是，某些批评家把读者的作用强调得过分，乃至否认批评和认识的客观基础，就走到了另一个极端。新批评派和形式主义者为了强调文学的超功利的特性，认为文学语言是自足的，并不是指事称物的实用语言；索绪尔的结构主义语言学强调语言符号的任意性，用能指和所指概念的关系代替了名与实的关系即语言与外部世界的关系；符号学和后结构主义的"解构批评"以及某些研究读者反应的批评家们则根本否认有独立于和先于语言的客观存在，坚持认为作为批评对象的文学作品的文本本身就是读者意识活动的产物，外部世界就是一种文本，因而外部世界也是意识的产物。这是一种极端的唯心主义和唯我主义，而且和否认认识对象客观性的任何唯心主义理论一样，必然陷入理论上的谬误。这种理论实际上造成文学批评本身的危机，因为批评对象如果是读者意识的产物，那么批评就完全是一种随意的活动。可是，读者读《红楼梦》或《十日谈》或任何现代作品的反应，无论怎样互不相同，只要这读者神经正常，就总是对《红楼梦》或《十日谈》或某一部现代作品的反应。如果读者所反应的对象本身就是读者主观意识的产物，那还有什么反应可言，有什么读者反应批评呢？如果没有可读可解的作品先于阅读和解释客观存在，那还有什么阅读和解释？费希等人一方面否认文本的客观性，另一方面又引进解释群体的概念来对解释者个人的反应做一定的限制，可是解释群体只是解释者个人的扩大，这两者之间是量的差异而没有质的区别，所以在理论上并没有多大进步。只有充分承认独立于解释者或解释群体而存在的文本是文学批评的客观基础，才可能使批评摆脱理论的危机。

我们在前面说过，中国古人很早就意识到阐释差距的问题，《易经·系辞》里有名的话："仁者见之谓之仁，知者见之谓之知"，后来成为一句常用的成语，就充分肯定了认识的相对性。这里说的是不同的人对于"道"可能有不同的认识，而"道"并不完全就是知或仁，如果有人因此自信"道"就是他创造的，那更是一种狂想。在我们认识和借鉴西方文论的时候，随时回顾我们自己丰富的文学和文化传统，在比较之中使两种不同的文学批评理论互相补充而更为充实完备，那样得出的结果必将是更为理想的。在对现代西方文论的主要流派做简单评述之后，把它们和中国文论传统进行比较，在我看来是一个非常有意义的研究题目。我自己不断在这方面做些努力，更希望我这些评述西方文论的文章能起抛砖引玉的作用，激发更多读者的兴趣来开展中西文论的比较研究，为丰富我们自己的文学鉴赏和文学批评共同努力。

12

文学理论的兴衰

在西方文学研究的领域，20世纪可以说是一个理论的时代，但也是理论不断兴盛，然后又盛极而衰的时代。进入21世纪，这种变化已经很明显。各派文学理论的兴起，都各有其缘由，其衰落当然也有其外在和内在的原因。清理一下西方文论兴衰的过程，探讨一下其中的缘由，对我们无疑会有很多裨益。

一、理论的回顾

20世纪初，俄国一些学者们首先把文学研究和语言学联系起来，从文学语言本身去探讨学的特性，提出了著名的"文学性"概念（литературность，英文

literariness），这是一个看来简单、实际上颇具内涵而且重要的概念。所谓文学性，就是把文学语言区别于其他语言的本质特性，是使文学成其为文学的东西。罗曼·雅各布森认为文学语言突出诗性功能，不是指向外在现实，而是尽量偏离实用目的，把注意力引向文学作品的语言本身，引向音韵、词汇、句法等形式因素。维克多·什克洛夫斯基提出"陌生化"概念（остранение，英文defamiliarization），认为艺术的目的是使人对事物有新鲜感，而不是司空见惯、习以为常，所以采用新的角度和修辞手法，变习见为新知，化腐朽为神奇。从文学史的发展来看，"陌生化"往往表现为把过去不入流的形式升为正宗，从而促成新风格、新文体和新流派的产生。这一观念重视文学语言和文学形式本身，强调文学与现实的距离，而非现实的模仿或反映。正如什克洛夫斯基所说："艺术总是独立于生活，在它的颜色里永远不会反映出飘扬在城堡上那面旗帜的颜色。"通过这鲜明生动的比喻，"这面旗帜就已经给艺术下了定义。"①米哈依尔·巴赫金研究陀思妥耶夫斯基的作品，认为小说中不是只有作者权威的声音，而是有许多不同的语调和声音互相交复，构成表现不同思想意识的"复调小说"，如果脱离这种"复调"空谈内容，就不可能把握问题的实质，因为"不懂得新的观察形式，就不可能正确理解借助于这种形式才第一次在生活中看到和显露出来的东西。正确地理解起来，艺术形式并不是外在地装饰已经找到的现成的内容，而是第一次地让人们找到和看见内容"。②这里反复强调的"第一次"，与什克洛夫斯基的"陌生化"概念一样，也突出了艺术的目的是使人对生活中的事物获得新鲜感。事实上，这是从俄国形式主义到捷克结构主义贯穿始终的思想，是俄国形式主义对文学理论的重要贡献。

俄国形式主义虽然被称为形式主义，但这种理论从一开始就和语言学有密切关系，注意语言的结构和

---

① 　什克洛夫斯基（B. Шкловский），《文艺散文：思考与评论》（«Художественная проза. Размышления и разборы»），莫斯科1961年版，第6页。

② 　巴赫金（M. Бахтин），《陀思妥耶夫斯基诗学诸问题》（«Проблемы поэтики Достоевсково»），莫斯科1963年版，第7–8页。

功能。雅各布森从莫斯科到布拉格，后来又到美国，对于俄国形式主义和捷克结构主义理论，都做出了很大贡献。捷克学者穆卡洛夫斯基认为，日常语言会由于长期使用而趋于自动化，失去新鲜感，而文学语言则尽量"突出"（foregrounding）自身，不是传达信息，而是指向文学作品自身的世界。这一观念显然与俄国形式主义有直接的联系。从莫斯科到布拉格再到巴黎，从俄国形式主义到捷克结构主义再到法国结构主义，这就形成20世纪文学理论发展的三个重要阶段。60年代之后，结构主义从法国传到英美，成为西方文学理论一股颇有影响的新潮流。

在20世纪四五十年代，英美的新批评同样注重文学的形式和语言，通过细读和修辞分析，力图把文学之为文学，具体化到一个文本和文学语言的层面来理解。文萨特与比尔兹利提出两个著名概念，一个是"意图迷误"（intentional fallacy），认为文学作品是本身自足的存在，作品的意义并非作者意图的表现；另一个是"感受迷误"（affective fallacy），即自足存在的作品之意义，无关读者众说纷纭的解释。这两个"迷误"概念就使文学的文本（text）独立于作者和读者，成为韦勒克所谓"具有特殊本体状态的独特的认识客体"。[①]韦勒克与沃伦合著的《文学理论》一书，就提到俄国形式主义的基本观点，并把文学研究分为内在和外在两种。他们认为从社会、历史、思想、作者生平等方面去研究文学，那是文学的外部研究，而他们注重的是文学的内部研究，即研究文学的语言和修辞，包括音韵、节奏、意象、比喻、象征等形式特征。在作品分析方面，尤其在诗的理解和阅读方面，新批评取得了不可忽视的成就。

在50年代末，诺斯罗普·弗莱在其《批评的解剖》一书中提出神话和原型批评，就超出个别作品的细读，为文学研究提供了比个别文本更广阔的理论框架。这种神话和原型批评所理解的文学是意象、原型、主题和体裁组成的一个自足系统，批评家从这样的文学系统中，可以找出一些具有普遍意义的原型（archetype）。这些原型"把一首诗同别的诗联系起来，从而有助于把我们

---

① 韦勒克（René Wellek）与沃伦（Austin Warren）合著，《文学理论》（*Theory of Literature*），纽约1975年第3版，第156页。

的文学经验统一成一个整体"。①原型在不同作品中反复出现，有如昼夜交替、四季循环，或者像各种仪节，每年在一定时刻举行，所以弗莱注重神话、仪式和历史的循环论，把文学类型的演变与四季循环的自然节律相关联。对应于春天的是喜剧，充满了希望和欢乐，象征青春战胜衰朽；对应于夏天的是传奇，万物都丰茂繁盛，富于神奇的幻想；对应于秋天的是悲剧，崇高而悲凉，那是物盛当杀、牺牲献祭的时节，表现英雄的受难和死亡；对应于冬天的则是讽刺，那是一个没有英雄的荒诞世界，充满自我审视的黑色幽默。然而有如残冬去后，又必是春回大地，万物复苏，牺牲献祭之后，诸神又会复活一样，讽刺模式之后，文学的发展又有返回神话的趋势。原型批评从大处着眼，注意不同作品之间的内在联系，认为文学有一些基本程式，这些最终来源于神话和祭祀仪式的程式是每一部新作得以产生的形式原因。所以弗莱说："诗只能从别的诗里产生；小说只能从别的小说里产生。文学形成文学，而不是被外来的东

---

① 弗莱（Northrop Frye），《批评的解剖》（*Anatomy of Criticism: Four Essays*），普林斯顿1957年版，第99页。

西赋予形体：文学的形式不可能存在于文学之外，正如奏鸣曲、赋格曲和回旋曲的形式不可能存在于音乐之外一样。"[1]弗莱的原型批评在50年代末，就已经打破了新批评对作品的细读，注重在不同文学作品下面，去寻求决定文学形式因素的程式和原型，这也就为后来从欧洲传来的结构主义，在思想上奠定了基础。

　　弗莱的原型批评虽然超出新批评着眼于个别文本的细读，但却没有否定新批评提出的"意图迷误"。事实上，20世纪文学理论发展一个重要的趋势，正是越来越否定作者的权威，使批评成为独立于作者意图的一种创造。与此同时，新批评提出的"感受迷误"则完全被否定，因为否定作者的同时，文学理论也越来越注重读者在阅读和理解当中的积极作用。从现象学到阐释学，再到德国的接受美学和美国的读者反应批评，这就形成充分肯定读者作用的主流趋势。当然，法国批评家罗兰·巴尔特宣称作者已死，好像读者的诞生非要以作者的死亡为代价，那又是西方理论家喜欢走极端、言过其

---

① 弗莱，《批评的解剖》，第97页。

实的一个例子。凡大讲理论，奢谈作者已死的人，往往正是从巴尔特这位作者那里接受了这一批评观念，这在无形中就构成对其所谈理论本身的讽刺。我们在讨论理论问题时，必须要有自己独立的见解和批判意识，其重要性也由此可见一斑。

20世纪六七十年代，结构主义成为西方文论颇有影响的新潮流。文学理论取代了细读，文学分析中形式主义对文本的注重，也被结构主义对系统和深层结构的兴趣所代替。瑞士语言学家索绪尔对结构主义产生了极大影响，他提出语言中二项对立（binary opposition）的原则，说明任何词语都在和其他词语的对立和差异中显出自身的意义，没有"上"也就没有"下"，没有"内"也就无所谓"外"，如此等等。这就打破了以单项为中心的观念，把注意力集中到系统和深层结构。人们所说的任何具体的话是"言语"（parole），而决定一切具体言语的深层结构是"语言"（langue）。把这一原理运用于文学研究，结构主义者注重的就不是具体的文学作品，而是文学叙述的基本结构或"普遍语法"。所谓语言学转向（linguistic turn），可以说标志着从文本细节到语言深层结构的转变。结构主义和符号学集中研究的是抽象的文本性（textuality），而不是具体的文本（text）。如果说结构主义批评在小说和叙事文学研究中取得了一定成绩，其研究方法却离开文学作品的具体细节，越来越趋于抽象。

20世纪70年代之后，结构主义很快被后结构主义和解构（deconstruction）取代，同时又有女权主义、东方主义、后殖民主义以及形形色色的文化研究逐渐兴起并占据主导地位。解构主义批判西方传统，认为那是逻各斯中心主义，应该彻底解构；女权主义颠覆以男性作家为主的传统经典；东方主义和后殖民主义颠覆西方的文化霸权；文化研究把注意力集中到文学研究之外，以大众文化取代精英文化，特别突出身份认同和性别政治，尤其是同性恋研究；而传统的文学研究则似乎退到边缘。这是从现代转向后现代的趋势；后现代理论批判西方17世纪以来的现代传统，尤其批判启蒙时代以来如逻辑、理性、客观真理等西方传统的基本观念，认为这些都是压制性的观念，应该彻底推翻颠覆。后现代理论有强烈的批判性，带有激进的政治和意识形态色彩。

二、理论与文学的分离

在20世纪八九十年代，西方理论已经由文学理论（literary theory）转变成批判理论（critical theory），文学研究（literary studies）也随之逐渐转变成文化研究（cultural studies）。美国的文化研究有特别的含义，我们从一场颇为激烈的争论中，就可以明确这种含义。2001年，英国著名的文学批评家弗兰克·凯莫德（Frank Kermode）在美国加州大学柏克利分校做坦纳讲座（Tanner Lectures），选取了在美国学术界已经颇有争议的"经典"为题目，显然是针对美国激进批判理论所谓"去经典化"（decanonization）的主张。凯莫德指出文学经典本来就会有变化，但也有其稳定性，因为经典之为经典，是由于其自身的审美价值，不是靠外在力量来决定，也不可能由外在力量"去经典化"。凯莫德又特别讨论文学经典给人以审美的快感。他批评"去经典化"对文学研究的破坏性影响，认为对传统和经典的攻击，把过去的文学作品都视为表现父权制或殖民主义等错误思想，使现在很多研究文学的人都"不再怎么谈文学，有时候甚至不承认有文学这个东西，而发明一些新的东西来谈论，例如性别问题和殖民主义问题。这些毫无疑问都是亟待解决的问题，所以停止讨论文学也似乎很自然"。①

　　按照坦纳讲座的规矩，演讲之后，会邀请几位相关学者参与讨论，讲者再做出回应。对凯莫德肯定文学经典和审美快感，参加讨论的文化批评家约翰·基洛利（John Guillory）就颇为直截了当地提出不同看法。他首先承认，现在文学研究者对他们的研究对象的确抱有一种颇为矛盾的情感（ambivalence），"这一矛盾情感典型地表现为两种形态：第一，不愿意把文学作品视为文学批评必然或不可或缺的对象，第二，甚至更反感在谈论文学时，把文学作品的快感当成文学存在的主要理由，也相应地把传达那种快感给文学批评的读者视为至少是批评的一个目的。"②这就是说，研究文学的人对

① 凯莫德（Frank Kermode），《快感与变化：论经典的美学》（*Pleasure and Change: The Aesthetics of Canon*），牛津2004年版，第15页。
② 凯莫德，《快感与变化：论经典的美学》，第65页。

自己研究的对象没有喜爱，抱着犹疑甚至反感的态度，更绝口不谈审美快感。基洛利就特别反对"高等艺术"（high art）和诗（poetry），认为"把艺术缩小到诗歌，这本身就是让艺术负荷过重的一个症兆"，又说"把审美快感限制于被认可的艺术品乃是一个有严重后果的哲学错误"。[①]既然文学不再是研究对象，文化批评也就取代了文学研究，而"文化批评家"关注的不是什么美，而是"进步的政治"，对他们说来，"面对一个文化作品就是提供一次机会来肯定或者挑战那作品里所表现的信仰体系"。[②]政治高于一切，文学或"文化作品"都应该服务于"进步的政治"。

凯莫德当然认为研究文学的人应该喜爱文学，而且对文学要有敏锐的感受力和评判能力，就像一个职业的品酒师只要闻一下，就能感觉到酒的好坏一样。他把话也说得很直接："对怎样做批评家这个问题，我目前的回答是我很早以前就从燕卜荪（William Empson）那里借来的：你喜欢什么理论就用什么理论，但是得跟着你

---

① 凯莫德，《快感与变化：论经典的美学》，第70页。
② 同上，第67页。

的鼻子走。"但他说:"不是每个人都有这个意义上的鼻子——这里是用酿酒学的一个比喻——而如果你在这两方面都没有鼻子的话,你就该去找另一份工作。"①换言之,如果你不喜爱文学,对文学没有什么感觉,就没有资格做文学批评家和文学研究者。不过这也反过来说明,批判理论和文化研究已经脱离开文学,就像罗伯特·阿尔特指出的那样,"在以研究文学为职业的整整一代人当中,有很多人离开了阅读",于是不少批评家和文学教授们产生出"一种有时几乎近于鄙弃文学的态度"。②科学家们很少不喜爱自己从事的科学研究,可是研究文学的人却对文学抱着犹疑甚至鄙弃的态度,也实在是咄咄怪事。

如果我们把莎士比亚作为西方文学传统的代表,那么莎士比亚研究中发生的变化,就可以作为有代表性的一个侧面,显露出整个西方文学研究的变化。凯莫德在

---

① 凯莫德,《快感与变化:论经典的美学》,第85页。

② 罗伯特·阿尔特(Robert Alter),《在一个意识形态时代的阅读快感》(*The Pleasure of Reading in an Ideological Age*),纽约1989年版,第9—10页。

2000年出版了一部讨论莎士比亚语言的书，他在序言里就非常明确地说：

> 我特别反感现代对莎士比亚的某些态度：其中最糟糕的一种宣扬说，莎士比亚的名声是骗人的，是18世纪民族主义或帝国主义阴谋的结果。与此相关而且同样自以为是的另一种观念，是认为要理解莎士比亚，就需要首先明白他的戏剧都卷入到他那个时代的政治当中，而且卷入的程度只有现在才看得清楚。考察起来，贬损莎士比亚的这类做法如果说有一点意思，那也只是证明了这些人不断需要找一点与众不同的话来说，而且他们感兴趣的与其说是莎士比亚的文字，不如说是他们所谈论的话题，他们也很少引用莎士比亚的文字。这些标新立异的说法，语调都相当自信。这些批评家们需要把自己的看法说成比他们的许多前辈更高明，而一般说来那些前辈学者们的资历，又是他们不好去质疑的。于是他们就不能不把约翰逊、济慈和柯勒律治（在此姑且只举三人）说成是受了帝国主义洗脑的毒害。当然，如果你能把莎士比亚贬得

一钱不值，要贬低这几位和其他类似的权威，那就更不在话下；尊重他们就不过是又一次证明，我们不假思索地接受了资产阶级的评价。可是说到底，你要摒弃莎士比亚，就不能不把文学概念本身也一并消除。[①]

从凯莫德这段话里，我们可以从反面看出西方当代理论的某些趋向，这些趋向在莎士比亚研究中表现出来的问题，也就具有相当的代表性。凯莫德对这些趋向明确地表示反感，原因之一就在于这些带有强烈的政治和意识形态的理论空谈，完全脱离了莎士比亚的作品本身，所以他才觉得有必要专门著书来讨论莎士比亚的语言。西方理论发展的趋势，的确是越来越打破文学与非文学的界限，文学理论和其他学科理论方法相互渗透，在文学研究中使用社会科学的模式和方法——尤其是人类学、社会学、心理学、哲学、政治学等——都使西方文学理论丧失了自己作为文学研究的特性。在理论笼罩一切的时候，一个研究文学的学者很可能对文学做理论

---

① 凯莫德，《莎士比亚的语言》（*Shakespeare's Language*），伦敦2000年版，第viii页。

的探讨，写出的论文洋洋洒洒，但却抽象虚玄，满是晦涩的专门术语，却很少去深入讨论一部文学作品。这种趋势发展到后来，文学研究越来越离开文学，转而讨论电影、大众文化或文化研究中的其他项目。尤其在美国的学术环境里，这已经成为一种普遍情形，同时也影响到其他地方，包括中国。文学研究逐渐脱离文学本身，这一现象也许正是当前社会状况的一个反映，因为电子媒体和数码化娱乐方式正在改变文化消费的基本习惯，在这种情形下，缓慢仔细的阅读好像效率极低，成了一种奢侈。可是书籍和阅读的文化从来就是文学殿堂的根基，而在当前的文化消费市场上，尽管仍然有大量书籍出版，但书籍的内容往往涉及娱乐、消闲、保健，以及与大众消费相关的范畴，而认真的文学阅读似乎在逐渐衰落，不断受到电脑数码技术和互联网通信的挑战。

然而，理论取代文学在文化研究中成为主流，就引出了文学研究的危机。从20世纪70年代至90年代，在文学研究中影响极大的解构理论，就往往使批评论述读起来更像抽象的哲学探讨，而不像文学批评；语言学和符号学理论把文学视为一种文本，和其他文本并没有任何区别；女权主义、后殖民主义和新历史主义解读文学作品，都往往是为了意识形态的批判，而不是为其文学性的特质，而且这些理论都有一个基本的假设，即认为近代以前传统的文学，都代表了精英权贵的意识，表现出父权宗法制度或压制性政权的价值观，并与之有共谋的关系，所以在政治上都值得怀疑，应当批判。所有这些趋向集中起来，就造成了一种环境，使文学危机之说得以出现，甚至产生出文学或文学研究已经死去的说法。阿尔文·凯南（Alvin Kernan）在1990年发表了《文学之死》一书，斯皮瓦克在2003年发表了《一个学科的死亡》一书，苏珊·巴斯奈特（Susan Bassnett）在1993年发表的《比较文学批判导论》中，也早已宣布比较文学的死亡，至少是传统意义上那种人文学科的比较文学已经死亡。为文学研究发布这类讣告的人，心情可能很不一样，因为对爱惜文学的学者们说来，文学或比较文学之死也许像"诸神的黄昏"，令人觉得悲哀惆怅，然而在文化研究某些激进的鼓动者们看来，这或许正是"高层文化之巴士底狱的陷落"，令人振奋，值得庆幸。然而悲哀也罢，振奋也好，那种末日来临式的讣告似乎都在显露西方文化和社会一个深刻的危机，也就是西方后工业、后现代社会深刻的文化危机。

在80年代初，英国批评家特里·伊格尔顿著有《文学理论入门》（*Literary Theory: An Introduction*, 1983）一书，此书虽然作为一本入门的导论未必能尽如人意，却成为英美大学校园里的畅销书，学文学的学生几乎人手一册。但在二十年之后，他又写了一本书题为《理论之后》（*After Theory*, 2004），对越来越抽象虚玄，而且脱离现实、脱离文学的理论，提出十分尖锐的批评。同一位作者写出这样两本很不相同的书，也许颇具象征意味。其实在西方，许多研究文学的学者和批评家都越来越不满意理论取代文学、文化研究取代文学研究的趋向。进入21世纪以来，理论热已明显地减退了。2006年出版的美国比较文学学会的十年报告，就对理论取代文学的趋向有十分深刻的反省，并提出重新思考"文学性"的问题。当然，历史从来不是一个简单的循环，也不会简单回到过去曾经有过的任何阶段。文学理论在20世纪的发展，自有其历史的背景和原因，也有其成果和价值，然而理论发展到极端，似乎又盛极而衰，走向自己的反面，也并不难理解。究竟文学研究如何回归文学，回到文学的鉴赏、分析和阐释，重新帮助我们认识文学和人生的价值，给我们新的指引和启示，那是我们众多读者和研究者对于未来学术发展的期待。

13

引介西方文论，提倡独立思考

"文化大革命"刚刚结束、改革开放刚刚开始的时候，我们从完全闭塞、对外部世界一无所知的蒙昧状态走出来，充满了对新思想和新知识的饥渴，在文学批评理论方面，对西方当代各种新理论充满了好奇和了解的愿望。那时候系统介绍20世纪西方各派文学理论，可以说恰逢其时，正好适应了大家希望了解当代西方文论的急切需要，所以我介绍西方文论的文章在《读书》刊登出来之后，读者反应相当热烈。那时候在文学批评领域，机械的"反映论"仍然是占据正统地位的观念，介绍当代西方文论有助于打破"反映论"僵化的教条，所以无论是新批评还是结构主义，阐释学还是接受美学，对于当时国内的文学批评和研究说来，都有刺激思想、开阔眼界的作用。西方各派文论的确各有其独到的见解和长处，一个最重要的见解是强调文学和文学批评的独立性，但西方文论也的确常常走极端，所以我不愿盲目跟从其中任何一派，放弃自己独立思考的权利。在我看来，机械般用一种理论，套在一部文学作品上，做出号称某派或某种理论方法的作品解读，实在是最没有出息、极端枯燥乏味的文学批评。能够用理论的眼光来审视文学作品的各个方面，在历史、宗教、哲学和社会政治的大背景上，在文学自身的发展和传统当中，对文学作品做出全面而有说服力的解释，使读者认识到一部文学作品的价值和意义，能够更深地欣赏作品在文学表现方面的创造性和审美理念，那才是真正好的文学批评。

一、独立思考的重要

我们应该了解西方的文学理论，吸取当中合理、有价值的部分，从中得到启发，但与此同时，我们又决不能盲目跟从西方理论的权威，失去自己独立思考的能力，也就是失去自己文学研究和批评的能力。例如常常有人说，作者已经死去，现代文学研究要以读者为中心。可是说这样话的人，都不过是听从罗兰·巴尔特这位作者的话而已。在西方文学研究中，作者不仅没有死去，而且近年来出现了很多回应巴尔特的讨论，在文学研究中，可以说作者已经在新的理论探讨中，成为一个不可或缺的部分。[①]从这个例子可以看出，简单追随一时风行的理论是多么可笑，而且那样做永远也不可能有自己独到的看法。

我在80年代初介绍从新批评到结构主义、从阐释学到接受美学这些理论，还都是对文学本身的思考和分析，但西方文学理论后来的发展逐渐脱离开文学本身，越来越具有意识形态和政治化的色彩。例如女权主义理论认为文学传统体现了父权制度压抑性的传统观念，后殖民主义理论认为西方经典体现了白人殖民者的观念，同性恋者认为整个传统社会价值是压制性的，福柯

---

① 参见勃克（Seán Burke），《作者的死去与回归：巴尔特、福柯和德里达的批评及主观性》（*The Death and Return of the Author: Criticism and Subjectivity in Barthes, Foucault and Derrida*），爱丁堡2008年第3版。

认为知识和权力有共谋的关系，德里达批评整个西方的逻各斯中心主义，于是西方文学理论中展开了"去经典化"（decanonization）运动，身份认同的政治（identity politics）变成一种潮流，文学研究逐渐被文化研究所取代，研究对象由传统的文学作品变为通俗文化产品，电影研究几乎压过文学研究。就像任何革命一样，边缘占据了优势而成为中心，传统的中心被颠覆抛弃，传统文学研究中讨论的审美价值之类问题不再是文学或文化批评关心的问题，而身份认同、性别和性倾向、少数族裔等问题，则成为文化研究的热门话题。

这一变化当然有其整个西方，尤其是美国社会环境变化的大背景。自60年代以来，美国社会由传统的白人价值观为主导，逐渐转变成一个多种族和多元文化的社会。如果说过去美国的典型意象是各民族的"大熔炉"（the melting pot），不同种族和文化背景的移民来到美国，都被同化吸收到美国社会里，接受占多数的盎格鲁–撒克逊白人的价值观念，融入美国社会，那么在70年代之后，这个观念就不断受到挑战，而逐步被多元文化主义（multiculturalism）观念取代。于是从不同社会层面对主流和传统的挑战层出不穷，越来越激烈，也越来越带有政治和意识形态的特点。从美国社会构成本身说来，白人多数也逐渐受到挑战，来自墨西哥和其他南美国家以及亚洲的移民，数量越来越大，在美国产生极大影响。这些大的变化总的说来使美国社会变得更开放、更民主，尤其对美国长期存在的种族主义给予了致命的打击，这都是具有积极意义的方面。但与此同时，这些变化也必然造成美国社会在观念意识和社会结构上的问题，形成社会的碎片化，缺乏共识。在文学和文化方面，这种正面和负面的成分都有所反映，也就形成了上面所说各种问题出现的根本原因。

我1983年从北大到哈佛，1989年在哈佛毕业后又在美国加州大学任教近十年，对美国大学里文学理论的作用和局限可以说有了更深的了解。80至90年代正是我上面所说文学研究逐渐转变成文化研究的时代。我深感在美国，文学理论越来越脱离文学，越来越抽象晦涩，也越来越政治化。文学当然不可能完全脱离政治，但文学也绝不等同于政治。中国在"文化大革命"中早已提出过政治高于一切，文学为政治服务，也早把政治作为评判文学作品优劣的标准。经历过"文化大革命"的我，对这样的所谓政治批评实在极其反感，不可能把这种政治化的"文学批评"当成认真的文学批评，所以我也就不可能接受西方理论中越来越狭隘的身份认同的政治，即认同自己所属的小群体，如女性、族裔、性别倾向等，不可能把这些视为判断一个文学作品或文化产品价值的标准。

就是在西方，这类理论的局限也已经引起许多有识者的质疑和批评。例如曾以《文学理论》闻名于世的英国马克思主义批评家伊格尔顿，对文化批评中时髦的"身体"概念就有这样尖锐的批评："在研究文化的学生们当中，身体是一个极为时髦的课题，但通常是情欲的身体，而不是饿得瘦骨嶙峋的身体。他们感兴趣的是在性交的身体，而不是在劳作的身体。说话轻言细语的中产阶级学生们聚在图书馆里用功，研究的是如吸血鬼和挖眼拔舌、机械人和色情电影之类极具刺激性的题目。"①这可以说是西方大学里文化研究的一景，是把中产阶级生活方式合理化为文化研究的热门课题。2006

---

① 伊格尔顿（Terry Eagleton），《理论之后》（*After Theory*），纽约2003年版，第2—3页。

年，美国比较文学学会在每十年发布一度的报告中，苏源熙也明确指出文学理论取代文学本身已经成为当前文学研究面临的一个大问题。他说，就像做一个理论语言学家不必懂很多语言一样，现在做一个研究文学的学者，似乎同样可以"以研究文学为业而无须持续不断地讨论文学作品"。①在西方，大部分学者对这种现象已经厌倦了，抽象虚玄、空谈理论的风气已经过去了，目前在欧美和其他很多地方正在兴起的世界文学可以说代表了新的思想潮流，恰好可以纠正那种玄谈理论以及脱离文学的偏向。我一向认为文学理论在应用当中，不能脱离作品的实际，也不能脱离我们自身生活经验的实际。只有这样，我们才可能有自己独立思考的可能，有自己的立场和见解，而不是人云亦云，盲目跟从理论的权威，做思想上顺从的奴隶。

① 苏源熙（Haun Saussy）编，《全球化时代的比较文学》，巴尔的摩2006年版，第12页。

二、标新立异，匪夷所思

也许用几个具体例子，可以更清楚地说明我的意思。莎士比亚悲剧《罗密欧与朱丽叶》从来被认为是描写青年男女热烈爱情的名著，可是以同性恋研究出名的乔纳森·戈德堡却认为，这出剧数百年来都被误解了，因为这剧真正要讲的不是男女之间的爱情，而是男人和男人、女人和女人之间的同性恋！戈德堡说，在悲剧结尾，互相敌对的两个家族决定用纯金建造罗密欧与朱丽叶的纪念像，这固然表示了和解和社会秩序的恢复，即"异性恋秩序"的稳固，但就在这之前，卡普莱特把手伸给蒙塔古并称他为"兄弟"，这就是同性恋者的动作，所以"更确切地说来，剧的结尾所肯定的乃是一种同性恋秩序"。[①]《罗密欧与朱丽叶》最著名的场景之一，是月光之下朱丽叶在阳台上的一段独白，在其中她

---

① 戈德堡（Jonathan Goldberg），《罗密欧与朱丽叶开放的R》（*Romeo and Juliet's Open Rs*），见约瑟夫·波特尔（Joseph A. Porter）编《莎士比亚·罗密欧与朱丽叶·论文集》（*Critical Essays on Shakespeare's Romeo and Juliet*），纽约1997年版，第83页。

说，罗密欧何必要叫罗密欧呢？"名字有什么呢？我们
叫作玫瑰的那种花，换一个名字还不是同样香甜？"批
评家们从来以为，朱丽叶在这里的意思是说，罗密欧虽
然来自蒙塔古这一仇家，却无碍于她爱罗密欧这个人。
名字是外在的，人的本身才是她之所爱。可是按照戈德
堡的新解，这完全理解错了。因为"玫瑰"（rose）即
是"罗莎林"（Rosaline），而在此剧开场，罗密欧先爱
的是罗莎林，后来才爱上了朱丽叶，所以朱丽叶是罗莎
林的替代品。他更进一步说，"我们如果按朱丽叶话中
暗示的另一种等同关系，即把罗密欧来替代玫瑰，也就
是来替代罗莎林，那又会是什么结果呢？起码我们可以
认识到，欲望不一定由其对象的性别来决定，罗密欧与
朱丽叶相配并不是什么异性相爱的完美和私隐的时刻，
而是一个系列之一部分，而这一系列的互相替换既不尊
重个人的独特性，也不尊重性别的界限"。① 把戈德堡
这句话的意思翻译成简单明白的语言，那就是朱丽叶说
玫瑰换一个名字会是同样香甜，指的不是罗密欧，而是

① 戈德堡，《罗密欧与朱丽叶开放的R》，见《莎士比亚·罗密
欧与朱丽叶·论文集》，第85页。

罗莎林，也即是另一个女人。此外，"把罗密欧来替代玫瑰，也就是来替代罗莎林"，也同样是说朱丽叶爱的不是一个男人，而是一个女人，即"欲望不一定由其对象的性别来决定"。经过这样的解读，自莎士比亚时代以来近五百年间，几乎所有的读者、观众和批评家都没有理解《罗密欧与朱丽叶》这出悲剧的真正意义，因为大家都一直以为，这是表现男女之间爱情的悲剧。只有现在，在同性恋批评理论的指引之下，戈德堡才为大家揭示了此剧暗含的同性恋之深层意义。但在我看来，这只是对莎士比亚作品肆意的歪曲，是匪夷所思的误解。

　　另外一例是关于翻译日本古典小说《源氏物语》的一篇论文，十分惹眼的标题是"和韦利上床"（"Going to Bed with Waley"）。这标题来自英国著名女作家弗吉尼亚·伍尔夫（Virginia Woolf）日记里的一句话，原文是"to bed with Waley"，意思是带着韦利翻译的书上床睡觉，而那书正是翻译家亚瑟·韦利（Arthur Waley）所译的《源氏物语》。这篇论文的作者加上一个"go"，就立即改变了伍尔夫的原意，变成不是带着书上床，而是和人上床了。不过此文要讲的并不是韦利，而是伍尔夫，认为韦利虽然翻译此书不无贡献，但《源氏物语》真正理想的翻译应该是弗吉尼亚·伍尔夫的译本，因为《源氏物语》是日本平安时代女作家紫式部的作品，只有伍尔夫才具有"敏感的妇女"那种特殊气质和才能，真正体会原文意味，所以"要是她懂日文而且有意翻译这部故事，那么伍尔夫就会占据一个独特的地位，揭示出《源氏物语》许多原始女性主义的方方面面（many proto-feminist aspects），从而成就稳固地属于女权中心主义话语传统（a feminocentric discourse tradition）一部屹立于世界文学之林的作品"。① 不过伍尔夫并不懂日语，也从来没有想过要翻译《源氏物语》，于是这篇论文的作者大为失望地叹息道："我们必须将之算成是妇女写作和全球女性传统无可弥补的一大损失，也是《源氏物语》在现代西方接受历史上的一大损失，那就是在比喻的意义上说来，伍尔夫从来没有可能和紫式部本人

———————

① 瓦勒丽·亨尼裘克（Valerie Henitiuk），《和韦利上床：紫式部如何成为以及为何没有成为世界文学》（"Going to Bed with Waley: How Murasaki Shikibu Does and Does Not Become World Literature"），《比较文学研究》（*Comparative Literature Studies*）2008年第1期，第44页。

上床（Woolf was never able, metaphorically speaking, to go to bed with Murasaki Shikibu herself）"。①这最后一句当然是同性恋研究论文画龙点睛的妙语，可是这篇论文要说明的道理是什么呢？只要是"敏感的妇女"就可能心心相印，哪怕不懂日文，也可以产生一部《源氏物语》理想的翻译？这论文立论的基础是一种无需事实依据的假想，可是天下"敏感的妇女"又何止伍尔夫一人？既然不懂日文也可以翻译《源氏物语》，那么是否可以设想别的女作家也同样可以成就一部《源氏物语》的理想译本呢？如果可以，这一类假想的论文可以成百上千篇地生产出来，因为只需假想，无须文本和历史事实的证据。那么这样的论文，意义又在哪里呢？这篇论文的作者是一位西方女性，她感叹伍尔夫不曾和紫式部上过床，可是她有没有稍微想过，生活在11世纪初日本平安时代一个文人世家的紫式部，是否可能而且愿意和一个现代英国女作家同床呢？是否东方的女性随时都准备好了伺候和满足一个西方人的性要求呢？哪怕是"在比喻

---

① 瓦勒丽·亨尼裘克，《和韦利上床：紫式部如何成为以及为何没有成为世界文学》，《比较文学研究》2008年第1期，第59页。

的意义上"作此假想，这当中是否也流露出白人种族主义的一点自傲呢？在我看来，这样的论文毫无根据，也毫无价值，然而却在有相当地位的学术刊物上发表，这就显露出西方文学理论造成的一种尴尬，甚至是一种危机。当然，不同理论倾向、不同观点的论文都可以发表，正表现出西方学界思想自由的状态，但也就证明我们在了解西方文学理论时，不能不自己思考和鉴别，不能不有所评鉴，做出自己的选择。

三、传统和我们

我认为我们要从自己的立场出发，以自己的生活经验为基础来独立思考。例如关于"去经典化"，我们可以反思中国文学的传统。古代许多作品当然会有在当时历史情境下通行的思想观念，许多在我们现在看来不正确或不能赞同。杜甫诗中表达的意愿，"致君尧舜上，再使风俗淳"，今天看来也许就没有什么意义，李白《与韩荆州书》虽然写得洋洋洒洒，气度非凡，毕竟是向贵人求职，希望找一份差事，"一登龙门，则声价十倍"。要找古代文学作品中表现父权思想、精英思想和其他应该抛弃的成分，可以说太容易了，可是我们因此就应该或愿意推翻李杜和中国古典文学的所有精华，全面颠覆传统，用过去没有受重视的"边缘"作品来取而代之吗？我不觉得那是我们应该走的路，也不觉得"边缘"仅仅因为是"边缘"，就该反过来成为中心。

我们生活在中国文学和文化的传统中，过去错误过时的观念和思想，应该革除而改变，但却不可能全盘否定，推倒重来。和西方一样，中国也有一个重男轻女的父权制传统，而且许多传统的偏见就深植在我们的语言文字当中。鲁迅就曾举《说文》"妇者服也"为例，批判中国传统压制妇女的"畸形道德"。[①]其实繁体的妇字为婦，《说文》释"婦"，在"妇者服也"后面，还有"从女，持帚，洒埽也"，也就是打扫房间，服侍人的意思。[②]中文里不少带贬义的字常用女旁，如"妄"

---

① 　鲁迅，《我之节烈观》，《坟》，见16卷本《鲁迅全集》，北京1991年版，第1卷，第122页。

② 　许慎撰、段玉裁注，《说文解字注》，上海1988年第2版，第614页。

字，《说文》释为"乱也，从女亡声"。①还有"奸"字，《说文》释为"犯淫也，从女干声"。②中国历朝历代，有许多奸臣大权独揽，迫害忠良，可是这些坏事都是男人干的，为什么用语言文字描述他们，就要用女旁的"奸"字呢？当然这也不可一概而论，首先一个"好"字，也是女部的字，还有不少表示美好意思的字也在女部。如果因为我们的语言文字中留有传统父权制的痕迹，就把语言文字都去掉，我们还能通畅地说话吗？我们离不开自己的语言，也不可能独立于我们的文化传统之外。正是我们生于其中的语言、文化和社会造成了我们自己，所以我们能够和应该做的，不是破坏和打倒一切，而是如何改革和创新。简单化地推翻传统，否定过去的一切，最后造成的问题会远比能解决的多得多。"去经典化"之荒谬和必然失败，原因就在于此。

当前西方文学研究已经出现新的进展，对经典作品的接受、深度的文学阐释和尤其是世界文学研究，都是我们值得注意和认真了解的。比较文学从19世纪兴起以

---

① 许慎撰、段玉裁注，《说文解字注》，第623页。
② 同上，第625页。

来，就基本上是以欧洲文学传统的比较为中心，而现在世界文学的兴起则打破欧洲中心主义，真正以全球的视野来讨论各个不同地区和国家的文学，有助于在文学研究领域扩大研究范围，探讨更具有广泛性和普遍意义的理论问题。"世界文学"作为一个概念是19世纪初由德国大诗人歌德提出来的。他在与艾克曼谈话时提到他正在读一部中国小说的译本，虽然那部作品与他熟悉的欧洲文学很不同，但他又完全能体会书中人物的心情和处境，于是他认为局限于单一的民族文学已经没有意义，世界文学的时代已经来临，而且我们都应该努力，使之尽快到来。比较文学后来的发展，却并没有达到歌德的理想，但现在，西方学界本身提出了超越西方中心主义，也许在我们这个时代，歌德所设想的世界文学才真正有了实现的可能和机会。现在世界文学在美国、欧洲和其他许多地方已经兴起，有不少选本和讨论世界文学的书籍出版，我认为都值得我们注意去了解和研究。

总而言之，我认为对西方文学理论，我们应该有了解的兴趣，也有了解的必要。但了解应该是深入的，即弄清楚一种理论产生的背景，在发展脉络中的合理性和作用，同时也了解其局限。更重要的是要有自己的根基，要独立思考，有自己的见解，而不是盲目跟从所谓理论权威。只有这样，我们才可能有自己的看法，可能在文学和文化研究当中做出一点贡献。

14

后理论时代的中西比较文学研究

我们现在处于一个后理论时代。20世纪70年代到90年代，是西方文学理论蓬勃发展、影响极大的时代，在传统的历史语文学和修辞学之外，语言学、人类学、心理学、哲学等不同学科的概念和方法，都曾经为文学研究提供新颖的理论。但进入21世纪，文学理论已经失去推动文学研究的活力，在西方，尤其美国的大学里，甚至有文学研究被文化研究取代的趋势，于是文学理论独领风骚的时代已经过去，我们进入了后理论时代。这可以用英国著名学者伊格尔顿（Terry Eagleton）的两部著作为标志。伊格尔顿在1983年出版《文学理论入门》（*Literary Theory: An Introduction*）一书，讨论当时各种新兴的文学理论，立即成为美国和西方各大学里的畅销书，后来多次再版，全球销售量达到75万多册。他后来对文学和文化理论的发展颇为失望，提出过十分尖锐的批评，在2003年又出版了《理论之后》（*After Theory*）一书，引起不少好评，也引起一些争论。我认为伊格尔顿从《文学理论入门》到《理论之后》这两本书颇具象征意义，标示了理论的黄金时代到后理论时代的时间界限。我在此希望来谈谈，在这个后理论时代，我们应该如何应对中西比较文学面临的挑战。

一、欧洲中心的比较文学与中西比较文学

作为人文学科的比较文学，不是把不同文学作品简单地比较，而是通过不同语言和文化传统的文学作品之比较，来探讨超出单一语言文化传统文学发展的模式、潮流、互动影响等多方面问题。比较文学在19世纪兴起，是针对当时弥漫欧洲的民族主义情绪，希望打破狭隘的民族主义，以开放的态度看待各个不同的民族文学对人类文明做出的贡献。所以比较文学从一开始就针对民族文学的单一语言传统，注重对外语的把握，比较语

言不同、但在文化传统上又有可比性的文学作品。在19世纪和20世纪大部分时间里，比较文学基本上都以欧洲各国文学的比较为内容，因为欧洲语言虽然不同，但大多数不是属于罗曼斯语系，就是属于日耳曼语系，而且在宗教文化方面，不是天主教，就是新教，有共同的基督教文化背景。从文学史的角度看来，如古典主义、浪漫主义、现代主义等许多重要的文学运动或思潮，都不是在一个国家产生的现象，而具有泛欧洲整个文学和文化传统的意义。所以19世纪由欧洲兴起的比较文学，一方面打破民族文学的局限，以开放的眼光看待欧洲各国文学，在研究欧洲为主的比较文学方面，取得了重大成就；但另一方面，其研究的语言和文学又局限在欧洲，一直以欧洲为中心，注重作家和作品之间的实际联系和相互影响，难免有自身的局限。

传统的比较文学以"事实联系"（rapports de fait）为比较的基础，研究作家和作品之间实际的联系和相互影响。这种比较以实证主义（positivism）为理论框架，比较的范围也局限在各欧洲文学的传统，于是很难超出欧洲范围之外，去关注缺少"事实联系"的中西比较文学。但这种注重联系和影响的比较文学，在20世纪不仅显得陈旧过时，而且这种影响研究容易被狭隘民族主义所利用，往往去证明自己国家的文学，尤其是一个大国的文学，如何影响了其他较小国家的作家和作品。欧洲的民族主义和种族主义，从19世纪发展到20世纪，越来越危险，最终导致了两次世界大战。到20世纪30年代，希特勒上台之后，纳粹德国开始排犹，解除了许多犹太教授的教职，把他们从德国的各大学驱逐出去，这当中不仅有像爱因斯坦这样的大科学家，也有像列奥·施皮泽尔（Leo Spitzer）和埃里希·奥尔巴赫（Erich Auerbach）这样杰出的人文学者。他们离开德国去了土耳其，后来又都到了美国，在美国学界有相当大的影响。他们对民族主义的危害深恶痛绝，在经过了两次世界大战的战后世界，以民族传统和实证为基础的研究方法，就被学界所摒弃。这就是比较文学所谓"美国学派"的建立，抛弃了影响和事实联系，主张文学可以在观念、主题等方面做比较，而不是作家和作品之间的联系和影响。

　　20世纪60年代之后，在文学研究、首先在比较文学研究方面，最重要的发展就是文学理论的勃兴，而带有普遍性的理论就打破了实证式的文学影响研究，在理论概念方面寻找比较的理由。这一改变有助于东西方比较文学的发展。在19世纪和20世纪初，非欧洲语言的文学都不大可能成为比较文学研究的内容。在美国大学里，20世纪五六十年代，不大可能在比较文学系做东西方比较研究。正如美国学者苏源熙所说，那时在比较文学系做研究生，"除非你是一个极其固执的学生，或者你的指导教授极为宽厚，否则你不可能提交一部涉及如中文、波斯文或泰米尔文之类语言的博士论文"。直到20世纪70年代，一方面美国大学接收了越来越多非西方国家的留学生，另一方面文学理论由欧洲介绍到美国，越来越成为文学研究的主流，于是"两者合起来才打开了我们这一学科的大门"。[①]换言之，西方传统的比较文学直到20世纪70年代之后，才逐渐可能有东西文学的比

---

① 苏源熙（Haun Saussy），《当翻译不只是翻译：在语言和学科之间》（"When Translation Isn't Just Translation: Between Languages and Disciplines"），《文学研究》（*Recherche littéraire / Literary Research*）2018年夏季号，第44页。

较，而且直到目前为止，就国际比较文学学界的情形而言，东西文学的比较还没有取得很多引人注目的成就，仍然有待进一步的发展。

杰出的比较学者克劳迪欧·纪廉在《比较文学的挑战》这部书里，认为文学理论的发展为东西方比较奠定了基础。他不仅充分承认东西方比较研究的重要，而且大力提倡东西方比较研究，宣称做这样研究的学者"大概是比较文学领域里最有勇气的学者，从理论的观点看来，尤其如此"。他更进一步指出，东西方比较打开了东方文学的宝藏，使比较文学打破欧洲中心主义，扩展了研究的范围和眼界，所以在国际比较文学研究中，这是"一种真正质的变化。"①传统的比较文学强调"事实联系"和能够得到实证的相互影响，而在20世纪之前，中国与欧洲在文学和文化方面联系很有限，所以中西比较文学就缺乏比较的基础。文学理论对东西方比较尤其重要，就因为比较的基础不再是事实的联系，不再

---

① 克劳迪欧·纪廉（Claudio Guillén），《比较文学的挑战》（*The Challenge of Comparative Literature*），科拉·法兰珍（Cola Franzen）英译，麻省剑桥1993年版，第16页。

是作家或作品之间的相互影响，而是理论概念上的可比性。在这个意义上说来，文学理论为东西方比较文学提供了基础和条件，尤其在比较诗学方面，可以让我们去开辟新的研究领域。

二、文学理论与比较的基础

但与此同时，在没有事实联系的情形下，如何建立比较的基础，就成为一个颇具挑战性的问题。理论带有普遍性，但也带有概念的抽象性。具体就中西比较文学研究而言，文学理论的主导会产生至少两方面的问题。第一个问题是理论的抽象。脱离开文学作品和具体文本的细节，理论的探讨往往从概念到概念，或割裂文本，抓住一点，不及其余，断章取义地歪曲文本，将之为理论概念服务。研究者对文学理论缺乏深入理解，也就不能真正把握理论概念，用自己清晰的语言来表述和讨论比较文学的具体问题，于是以晦涩冒充深刻，写的文章故弄玄虚，让人读来不知所云，而实际上并没有实质性的内容。在这个意义上，我倒是很赞同维特根斯坦在

《逻辑哲学论》中一开始就提出来，而且在书的中间和结尾又重复提出的观点："能够说的就能说得清楚；不能说的就必须保持沉默。"①

　　第二个问题是各种理论的来源和背景。20世纪六七十年代兴起的文学理论，大多来自欧洲，尤其是法国，然后在美国得到更普遍的接受，传播到世界各地。换言之，文学理论基本上都是西方的理论。如果说从美国新批评、俄国形式主义到捷克和法国的结构主义、德国的阐释学和接受美学等，都还是以研究文学为主的理论，那么随着西方社会本身的发展，后现代主义、后殖民主义、女权主义、同性恋和性别研究等，就更多与西方社会和政治的环境相关，与文学文本则渐离渐远。也正是由于这个原因，西方文学研究逐渐被文化研究所取代，带有强烈的身份认同政治（identity politics）的色彩，最终也引起了很多文学研究者的不满。这种西方文学理论，尤其是与西方社会政治环境关系密切的文化理

---

① 维特根斯坦（Ludwig Wittgenstein），《逻辑哲学论》（*Tractatus Logico–Philosophicus*），奥格顿（C. K. Ogden）英译，伦敦1983年版，第27页。

论，如果机械地搬用来讨论中西比较，往往方凿圆枘，格格不入。我认为简单套用西方理论来讨论文学，实在没有什么意义。与此相关，还有不少中国学者常常讨论的"失语"问题，即当代研究文学，从理论概念到研究方法，都来自西方，中国学者好像没有自己的理论，没有自己的理论话语。在我看来，这些问题都值得深入探讨，但归根结底，还在于我们要通过自己不懈的努力，多读书，多思考，去寻求解决的办法。

做好比较研究，首先就要求我们把握至少两种不同的语言，在此基础上，对起码两种文学和文化传统，都有相当的了解。然后我们就会认识到，比较文学绝不是把两种不同文学的作品随便放在一起，简单地比附而没有一点问题意识，不能说明任何问题。我们有了知识的积累，对中国文学本身以及对西方文学理论，都有比较深入的了解，就不会以西方理论为唯一的框架和准则，机械搬用其概念、术语来套在无论什么文学的文本上。任何理论都应该具有普遍性，但如果理论概念走向极端，就会失去其解释能力，不能对文学作品做出有说服力的解释和说明。这就是说，应用文学理论的最终目的，检验其理论有效性的最终标准，就是看这理论能不能帮助我们更深入地理解和欣赏中西文学和文学作品。随着我们对中西文学、文化和历史传统的了解越来越多，我们也就越来越有扎实的知识和修养为基础，建立更大的自信，获得更多研究和思考的能力。我们也就会认识到，中西文学和批评理论可以相互发明，只要我们思考清楚了，就可以用清晰的语言表述我们思考的过程和结论，而不会有"失语"的问题。我们也就可以在这后理论的时代，不再简单挪用西方的理论和研究方法，而去重新思考什么是比较的基础。事实上，中国文学有悠久的传统，也有丰富的批评理论的思考，可以为比较诗学做出贡献。而要有理论的说服力，就需要有文学文本的具体证据，所以大量阅读重要的、具有经典意义的文学作品和批评理论，是我们建立中西比较文学之基础必须要做的工作。

三、比较诗学

譬如诗的概念，诗如何产生，其起源和性质如何，这在诗学中，当然是一个首要的问题。在这个问题上，东西方各有不同的理解，可以相互启发。在西方，古希腊有模仿（mimesis）的概念，认为诗是以模仿来描述一个外在的行动。柏拉图把诗之模仿理解为像镜子那样简单照出事物的影像，但照出来的却只是"事物的外表，并非实际，并非真实"。①他以抽象的理念世界为唯一的真实，人可以感知的现象世界为理念世界之模仿，而诗和艺术模仿现象世界，所以是模仿之模仿，影子的影子，"离真理隔了三层"。②柏拉图对诗基本上持否定的态度，但亚里士多德的看法则完全不同，他认为人可以感知的世界就是真实的世界，而诗之模仿并不是简单机械地复制事物表面，是可以用想象的虚构来揭示事物的本质。亚里士多德说："诗人之功用不是讲述已经发生的事情，而是可能发生的事情，也即根据概然律或必然律可能发生的事情。"他把诗与历史相比，认

① 柏拉图（Plato），《理想国》（*Republic*），保罗·索瑞（Paul Shorey）英译，汉密尔顿（Edith Hamilton）与凯因斯（Huntington Cairns）编《对话与书信集》（*The Collected Dialogues, including the Letters*），普林斯顿1961年版，第821页。
② 同上，第827页。

为"历史家讲述已经发生的事情，而诗人则讲述可能发生的事情。因此诗比历史更具哲理，更严肃；诗叙述的是普遍的事物，历史叙述的是个别的事物"。[①]无论柏拉图贬低诗，还是亚里士多德褒扬诗，他们都以古代希腊的模仿概念为依据来讨论诗的性质。但在古代中国，对诗的理解却很不相同，中国古人认为诗不是模仿外在的世界，而是表现人内在的思想感情，这就是《尚书·虞书·舜典》所谓"诗言志"，[②]《毛诗序》所谓"在心为志，发言为诗"。[③]在古印度，7世纪的婆摩诃（Bhāmaha）所著《诗庄严论》（*Kāvyālankāra*）是印度较早的诗学著作，他提出"诗是音和义的结合"这一定义，而这就"成了许多梵语诗学家探讨诗的性质的理论出发点"。婆摩诃又进一步认为"'庄严'是诗美的主要因素。而'庄严'的实质是'曲语'（即曲折的表达

---

① 亚里士多德（Aristotle），《诗学》（*Poetics*），里查·杨柯（Richard Janko）英译，印第安纳波利斯1987年版，第12页。
② 《尚书正义》，阮元校刻《十三经注疏》全2册，北京1980年版，第1册，第131页。
③ 《毛诗正义》，同上书，第269页。

方式）"。^①对诗的起源和性质，这就形成东西方几种很不相同的观念，而且在这几种观念之外，还有如波斯文化、阿拉伯文化等其他传统里的观念，虽然它们之间并没有所谓事实的联系或相互影响，但在比较之中，这些不同观念都可以帮助我们从不同的角度，理解诗或文学的起源和基本性质，丰富我们对诗的认识。

文学语言不同于日常用语，有各种修辞手法，如比喻、象征、夸饰等，通过个别具体的意象，表现超出具体事物的普遍意义。在不同的文学传统中，作家和诗人们都会普遍运用这类修辞手法。有时在完全不同的文学作品中，发现一些具体意象有意外的相似，使人有一种不期而遇的惊喜，甚至令人不由得思考这些相似是否纯出于偶然，是否它们超出不同语言、文化和历史等种种差异，在透露出一点消息，让我们瞥见在人类思想和意识的深处，或许有某种超出偶然的普遍意义。让我举一个具体例子来说明我的意思。苏东坡《红梅三首》其三有句云："幽人自恨探春迟，不见檀心未吐时。丹

_____

① 黄宝生，《印度古典诗学》，北京1999年第2版，第218页。

鼎夺胎那是宝，玉人顋颊更多姿。"东坡自注"丹鼎夺胎"云："朱砂红银，谓之不夺胎色。"而"玉人顋颊"则有宋人赵次公注云："顋，怒色也，玉人怒则颊红，故以此比红梅也。"[①]用美人的面颊来比喻绽开的花朵，在中国文学里可谓历史悠久，可以追溯到《诗·周南·桃夭》："桃之夭夭，灼灼其华。"[②]但东坡此诗特出之处，乃在于他不是用美人的笑脸，而是用美人生气，有怒色而发红的脸，来比喻盛开的红梅。《庄子·外物》早有"春雨日时，草木怒生"之句，用"怒"字来形容经过春天雨露的滋润，万物复甦，勃发生长之态。[③]鲁迅的短篇小说《在酒楼上》描写红色的山茶花，也用了这样的意象："倒塌的亭子边还有一株山茶花，从暗绿的密叶里显出十几朵红花来，赫赫的在雪中明得如火，愤怒而且傲慢。"[④]在作家诗人的想象中，"怒"不仅有一种遏止不住的生机和动力，而且表

---

① 苏轼，《红梅三首》，《苏轼诗集》全8册，北京1982年版，第1108页。

② 《毛诗正义》，阮元校刻《十三经注疏》，第1册，第279页。

③ 郭庆藩，《庄子集释》，北京1985年版，第942页。

④ 鲁迅，《在酒楼上》，见16卷本《鲁迅全集》，第2卷，第25页。

现为艳丽的红色。东坡用"玉人頩颊"来描绘红梅怒
放，便娇美而生动，令人印象十分深刻。

说来凑巧，英国17世纪诗人乔治·赫伯特（George
Herbert）在他的一首诗里，也用了十分类似的比喻：
"Sweet rose, whose hue angrie and brave / Bids the rash gazer
wipe his eye"（甜美的玫瑰，你怒色娇艳／使冒失的窥探
者拭目相看。"这诗句里的"angrie"即"愤怒"一词，
注者直接说就是"red"即"红色"。[①] 这说明在一般读
者看来，用"angrie"即"愤怒"来描写"甜美的玫瑰"
颇不寻常，需要解释，而作注者直接说这个词在此的意
思是"红色"，就省去了其间的缘由。东坡写"玉人頩
颊"，赵次公也觉得需要解释，而且讲明发怒的脸与红
色之间的关联："頩，怒色也，玉人怒则颊红，故以此
比红梅也。"东坡所写的红梅和赫伯特所写的红玫瑰，
在东西方各自的传统里，都颇具代表性，两位诗人都用
美人的怒色来比喻盛开的名花。这是一个比较独特的比

---

① 　赫伯特（George Herbert），"美德"（Vertue），路易
斯·玛兹（Louis L. Martz）编《英国十七世纪诗歌》（*English
Seventeenth-Century Verse*）第1卷，纽约1969年版，第166页。

喻，但细想起来，这比喻又很合情理，十分妥帖，中西不同传统里的两位大诗人，都不约而同地使用它，其诗心文心，真可谓东海西海，心理悠同。

然而把这两首诗再做比较，在各自的文本环境里看起来，其间的差别又立即呈现在我们眼前。东坡的《红梅》诗写梅花盛开，第三首全诗如下：

> 幽人自恨探春迟，不见檀心未吐时。
> 丹鼎夺胎那是宝，玉人颊颊更多姿。
> 抱丛暗蕊初含子，落盏浓香已透肌。
> 乞与徐熙画新样，竹间璀璨出斜枝。

东坡所写的梅花充满了生机。最后两句说，如果请善画花竹的画家徐熙，用墨把这株梅花勾画出来，略施丹粉，在翠竹之间斜伸出一枝红梅，那必定会是一幅生机盎然的梅竹图。但赫伯特的 *Vertue*（美德）一诗，写红玫瑰只是诗中一小节，其用意和东坡诗的用意全然不同。我把赫伯特的整首诗和我的译文也引在下面：

Sweet day, so cool, so calm, so bright,

The bridall of the earth and the skie:

The dew shall weep thy fall tonight;

For thou must die.

Sweet rose, whose hue angrie and brave

Bids the rash gazer wipe his eye:

Thy root is ever in its grave,

And thou must die.

Sweet spring, full of sweet days, and roses,

A box where sweets compacted lie;

My musick shows ye have your closes,

And all must die.

Onely a sweet and virtuous soul,

Like season'd timber, never gives;

But though the whole world turn to coal,

Then chiefly lives.

晴暖的白日，明朗，和煦，

天地联姻，一片大好风光：

今夜露珠却将为你的陨落哭泣；

因为你必将死亡。

甜美的玫瑰，你怒色娇艳，

使冒失的窥探者拭目相看：

但你总植根在坟墓中间，

也终将毁于一旦。

美丽的春天，甜蜜，娇艳，

好像个礼盒，装满了糖果；

我的音乐表明你的乐曲已奏完，

一切都终将湮没。

唯有善良而具美德的灵魂，

就像陈年的木材，永不变形；

哪怕整个世界都化为灰烬，

却终将获得永生。

如此看来，赫伯特作为一个虔诚的基督徒，诗中所写的红玫瑰虽然娇艳，但只是作为陪衬，突出整首诗的主题，即世界一切美好的事物皆为虚幻，无论是晴朗的白日、娇嫩的玫瑰，或是快乐的春天，都短暂存在于一时，最终都将化为尘土，而唯一永生的是具有美德的灵魂。与东坡诗中如"玉人颒颊"的红梅，与《庄子·外物》描绘的"草木怒生"那种蓬勃的生机完全相反，赫伯特诗中前面三节，结尾都落在一个"死"（die）字上面，最后一节才抬出主角来，那就是基督教神学强调的灵魂之永生不朽。研究英美诗歌的著名学者海伦·范德勒就曾经指出，赫伯特用"angrie and brave"即"怒色娇艳"来描绘玫瑰，是这位诗人一个"令人惊讶的比喻"（startling conceits）。①然而这红玫瑰和诗中所写的白日和春天一样，都只是衬托那不朽的灵魂，那永生的灵魂才是"在整首诗里一直在对我们说话"。②所以赫伯特这首诗是以世界末日景象（apocalyptic vision）为背景，带有基督教神学所谓生活在最后时刻（eschatology）的想象。这与中国文化传统，尤其道家"道法自然"的思想，可以说完全不同。不过在思想文化背景上，东坡之

---

① 海伦·范德勒（Helen Vendler），《乔治·赫伯特的诗》（*The Poetry of George Herbert*），麻省剑桥1975年版，第10页。
② 同上，第29页。

诗与赫伯特之诗固然大不相同，但这两位诗人又都以
"发怒"和美丽的红色相连，用"怒色"来描绘艳丽的
红梅或玫瑰，则在巧思和妙语的运用上，又有不期而遇
的契合。尤其因为中西思想文化传统有巨大的差异，这
种诗思与文心的契合就更使人觉得可贵，在超乎那些差
异之上，为我们揭示出某种带有普遍意义的精神价值。

四、文本证据的重要性

用具体文本的例证来支撑中西比较，就不会流于
空谈，也就可以使比较研究具有说服力。其实在西方比
较文学的经典著作，例如库尔提乌斯的《欧洲文学与拉
丁中世纪》里，我们也可以观察到类似的方法。库尔提
乌斯这本书可以说是西方研究比较文学的重要经典，其
中讨论了许多西方文学和文化传统中的重要观念，即
他所说的topoi即主题。库尔提乌斯不是犹太人，但他
反对德国的狭隘民族主义，在纳粹德国强调德国高于一
切的时候，他作为一个罗曼斯语文学，尤其是拉丁和法
语文学的研究者，反对通常的古代到中世纪，再到文艺

复兴和现代的划分，强调欧洲文学是一个连续不断的传统。他的人文精神和研究，可以视为对纳粹和德国民族主义的回应和批判。他的《欧洲文学与拉丁中世纪》发表于1948年，成为文学研究，尤其是西方比较文学研究的一部经典。他反对狭隘民族主义和他的比较研究结合在一起，不是简单地声明自己的立场，而是有学术作为基础，有文本作为证据。让我们把他讨论"自然之书"（Book of Nature）这一主题的一段，作为一个例证。把大自然视为一本大书，人们可以观察这本书来了解自然，甚至揭示自然的秘密，在西方是一个有很长历史，而且影响深远的观念。库尔提乌斯指出，"人们关于历史有一个陈腐而颇受欢迎的错误看法，认为文艺复兴抖掉了发黄的羊皮纸上的灰尘，然后开始阅读自然之书，即观察世界。可是这个比喻本身就来源于拉丁中世纪。"①他在书中引用了自12世纪里尔的阿兰（Alain de Lille, c. 1128–1202）以来许多中世纪诗人的文本，说

① 库尔提乌斯（Ernst Robert Curtius），《欧洲文学与拉丁中世纪》（*European Literature and the Latin Middle Ages*），特拉斯克（Willard R. Trask）英译，普林斯顿1973年版，第319页。

明"自然之书"是从《圣经》开始就带有基督教神学色彩的观念，直到14世纪，才有德国梅根堡的康拉德（Conrad of Megenberg）把一部早期的百科全书翻译为《自然之书》（*Buch der Natur*），在1350年出版，把这个概念世俗化了。库尔提乌斯说："总结起来，我们发现世界或自然是一部'书'这个概念，发源于布道时的滔滔雄辩之中，后来被中世纪神秘宗和哲学思辨所接受，最后才得到普遍的运用。在这一发展过程中，'世界之书'经常被世俗化，也就是与其神学的起源渐行渐远，但也绝非完全如此。"①他引用了大量的文本证据，在那基础之上才得出这一结论，所以他的论证就有很强的说服力。

另一部西方比较文学的经典著作，奥尔巴赫的《论摹仿》，同样以丰富的文本证据来支撑他的论述。此书开篇即讨论荷马史诗《奥德赛》第19部，描述奥德修斯在离家多年、经历了许多艰难险阻之后，终于回到家里，却并不急于露面，而先乔装打扮成一个陌生

---

① 库尔提乌斯，《欧洲文学与拉丁中世纪》，英译本，第321页。

人。但他的乳母尤瑞克莉娅为他洗脚，从他脚上的伤疤认出了他。荷马描述这整个过程，写得极为细致，而且有倒叙过去，又回到现在，如此交往反复，似乎故意放慢叙述的步伐。奥尔巴赫认为，造成"步伐缓慢"这个印象的真正原因，是在于要满足"荷马风格的需要，即凡是诗中提到的，都不会半明半暗，而一定要充分的外在化。"①他继续描述荷马风格的基本特点说："以充分外在化的形式再现某一现象，使其所有部分都历历如在目前，完全固定在其空间和时间的关系之中。"②然后奥尔巴赫说，取同样古老、同样具有史诗风格而其形式又完全不同的《圣经·创世纪》中一段，与荷马史诗两相比较，就更能见出其风格特点。他选取的是《创世纪》第22章第1节，上帝告诉亚伯拉罕，让他把自己的儿子以撒献为燔祭。读过荷马史诗之后，再看《圣经》这一节文字，其简约实在令人吃惊："这些事以后，神

---

① 埃里希·奥尔巴赫（Erich Auerbach），《论摹仿》（*Mimesis: The Representation of Reality in Western Literature*），特拉斯克英译，普林斯顿1968年版，第5页。
② 同上，第6页。

要试验亚伯拉罕，就呼叫他说，亚伯拉罕。他说，我在这里。"神从哪里来，在什么地方对亚伯拉罕说话，为什么要这样试验他，此处全无交代。"上帝直接说出他的命令，但他的动机和他的目的，却完全没有说出来。"①接下去亚伯拉罕也完全没有犹豫，直接按照神的命令，把自己的独生子以撒带到山上，设立一个祭坛，而且准备举刀要杀他献祭。这样非同小可的重大事件，《圣经》里只用了极简练的语言写来，与荷马史诗那样细致入微的描写，真可谓有天壤之别。奥尔巴赫对比这两种不同风格的描述，说明在西方传统中具有重要地位和影响的经典文本，一种是充分完整的叙述，另一种则是尽量简约的暗示，让读者去发挥想象来使之具体圆满，而这两部经典和两种风格，就形成了西方文学传统再现或模仿现实的基本模式。

从以上的讨论我希望可以大致归结到以下这样几点认识：

第一，中西比较文学首先应该建立在对中西文学和

---

① 奥尔巴赫，《论摹仿》，英译本，第11页。

文化传统知识积累的基础之上，必须对起码两种语言、文学和文化传统都有相当深入的了解和认识。

第二，比较研究应该有一个明确的问题意识，即首先明确研究的目的是什么，为什么要做这样的比较。写一篇文章要讲出什么道理，又如何可以有助于我们对某一文学作品或文学理论问题的认识，加深我们对文学本身的理解和鉴赏。

第三，我们的研究是一种论证，而论证必须基于文学文本的证据，不能缺乏证据或不经过论证就信口开河，经不起严密的逻辑和文本证据的检测验证。空谈理论而不触及文学文本，往往会陷入抽象虚玄，晦涩难解。文学批评的文章应该本身注意文体和文采，不能高头讲章，"以其昏昏，使人昭昭"，读来令人生厌。

归根结底，我们需要多读书，多思考，在知识积累的基础上，才可能发现和提出问题，讨论问题时才可能联想到各类相关的文本，左右逢源，列举丰富的例证，也才可能在前人的基础上，努力做出自己的一点成绩和贡献。这就是我们在后理论时代，做中西比较文学应当采取的基本方法和途径。